ダッシュエックス文庫

JN258916

地下室ダンジョン
~貧乏兄妹は娯楽を求めて最強へ~

鑄び匙

プロローグ

Prologue

BASEMENT DUNGEON

現在、洞窟《どうくつ》の広間では、牛の頭をした3メートル程の大男が、その巨体に相応《ふさわ》しい大きな斧《おの》を一人の少年に向けて軽々と振り回している。

その牛頭は「人化牛《じんかぎゅう》」と呼ばれ、自衛隊4人組を容易《たやす》く壊滅させるほどの力を持つ。

しかし振り回された斧が目の前の少年に当たることはない。

少年は当たれば即死の威力《いりょく》を持つ斬撃《ざんげき》を、両手の短剣で軌道《きどう》をずらして、躱《かわ》している。

どのような力が働いているのかは不明だが、時折人化牛が武器を振るうそのままの勢いで吹き飛ばされていくこともある。

暴れる人化牛を前に、少年はその場でゆらゆらと揺れながら手に持つ短剣で斧の側面を叩《たた》く。

そのせいか圧倒的に巨大な体格を持つ人化牛が疲労を見せるのに対し、少年は余裕の表情だ。

「いいよ、おにい」

後ろから少女の気の抜けたような声が聞こえると、少年は短剣を人化牛の目に向けて投げる。

「【インパクト】!!」

今、声と同時に少女が放った爆破魔法は、火力のみを追求した魔法スキルの一つ。

少年と人化牛の間で起きた爆発が両者を襲《おそ》う。爆発は人化牛の片腕を消し去った。煙が収まる頃には満身創痍《まんしんそうい》となっていた人化牛は未《いま》だ死ぬ気配がなく、受けた痛みを怒りに変えて、魔法を唱《とな》えた少女へと突進していく。それを遮《さえぎ》るように地面に張ってあった魔法陣から茨《いばら》が召喚《しょうかん》され、人化牛を締め上げた。

すると次の瞬間、人化牛に鋭い刃《やいば》が走り、首と身体《からだ》が切り離された。

首が取れた人化牛は大きな斧と1kgの肉を残し、黒い霧《きり》となって消え、その後ろには先ほど人化牛と一緒に爆発に巻き込まれたはずの少年が平然と大鎌《おおがま》を持って立っていた。

「討伐《とうばつ》しゅ～りょ～!!　今日のノルマ達成だよ。おにい、お疲れ!!」

少女は明るい声でそう言いながら、棒状の持ち手の先に棘《とげ》のある鉄球が付いたもの――いわゆるモーニングスターを手に、大鎌を持つ少年へと近寄る。

「お疲れ。はぁ～ボスのくせに相変わらずドロップしけてんなー、肉と斧とか。こんなバカでかい斧なんて誰が使うんだよ。つーかもう持ってるし。自衛隊の人がクリアしたら泣くぞ、何人もの命無駄にして報酬《ほうしゅう》がバカでかい斧と肉だけって。しかも斧はただの鉄っぽいし。金属の見比べ方なんか知らないけどさ」

「まあね、一応初クリアで自分に合った武器が貰《もら》えるし、いいんじゃない？　それより早く帰ろ。今日のご飯も人化牛の肉だね。で、レベル上がった？」

「あー上がってんな。やっぱり雑魚《ざこ》よりはボスの方が効率がいいな。俺たちの場合、余分にレベル上げなくちゃいけないし」

「それは私たちの『技能』が悪いからね。はぁー、考えてたらイライラしてきた。おにい、もう少し狩《か》りしよっか。前衛《ぜんえい》やってないから、私のレベル、全然上がってないや」

「げぇ、まじで。俺もう帰りたいんだけど」

少年は文句を言いながらも刃渡り1メートルはある斧を「よいしょ」と軽く持ち上げると腰についている小さなポーチに入れる。どう考えても入らない、それどころかポーチの口を通ることすらできないはずの斧がすっぽりとポーチの中に収納されたが、それに疑問を持つ者はいない。

二人はダンジョンの中にいるにも拘《かか》わらずごちゃごちゃと無駄話を繰り広げながら、結局は下層へと降りて行った。

先程まで激戦があったダンジョンの部屋の扉は自然に閉まり、後には何も残ってはいなかった。

1章 ― Chapter1 貧乏兄妹は娯楽を求めて最強へ

BASEMENT DUNGEON

以下、『ダンジョンのすゝめ』〈1章　ダンジョンの常識〉より抜粋《ばっすい》

昨年、8月1日。

地球という星にそれは突如《とつじょ》起こった。数え切れないほどの洞窟《どうくつ》が世界各国に出現したのだ。

その洞窟の奥へと入っていった一般人のほとんどは帰ってこず、事態を重く見た警察による調査が始まった。

中にいたのは緑色の醜《しゅう》悪《あく》な顔をした子供のような生物であったり、自在に動く半透明で不定形なドロドロであったり、土でできた人型ロボットのようなものまで。生物なのか断定できない生命体など、実に多種多様だった。

この洞窟内では通信端末はもちろん、電子機器類の一切が使用できない。それどころか火器の使用すらできず、調査に来た警察や自衛隊は、銃を撃てないことに気づいた時には謎の生命体によって蹂躙《じゅうりん》されてしまっていた。

結果、生還者《せいかんしゃ》1名。残りは遺体《いたい》すらも残らなかった。

これを受けて政府は即座に自衛隊によるダンジョン内の未確認生物掃討《そうとう》作戦の実行を決めた。火器や電気が使えないことがわかったため、近接格闘に優《すぐ》れる10人の自衛隊員が洞窟への侵入を試《こころ》みたが、彼らが帰ってくることはなかった。

そうした中、その洞窟は突如、我々に牙《きば》を剝《む》くこととなる。

洞窟から現れた百ほどの未確認生命体——通称UMA——は、待機していた自衛隊員、そして一般市民の命を奪い去ったのだ。

同時期にUMAからの攻撃を受けた先進国は比較的僅《わず》かな被害で済んだものの、発展途上国は国家機能が停止するほどの大混乱が引き起こされた。

洞窟から溢《あふ》れ出すUMAを有り余る重火器の火力で消滅させ、ダンジョンへと戦線を押し戻したけれど、潜入すると銃が撃てなくなる。そのため、銃に頼った戦線ではそれ以上進むことができなかった。


銃火器がダンジョン内部で使えないことから、ダンジョンに入った自衛隊員たちはUMAに次々と殺されていった。彼らはただ一人残して全滅した。

生き残ったその隊員はオタクだったため、現代武器が使えなくなった場合は物理攻撃に補正がかかるという、あるゲームの設定を思い出した。彼はダンジョン内に入った時から銃口の下についているナイフとグリップでの物理的な攻撃に切り替えたことで、最後まで生き残ることができたのだ。

最初はぎりぎりの戦闘だったが、何匹か殺している内に少しＵＭＡの動きに慣れてきた。さらに殺していくと徐々《じょじょ》に彼らの動きが読めるようになってきた。やがて隊員の周りにいたＵＭＡを掃討することに成功すると、すぐさまダンジョンを出て報告した。彼はダンジョン初の生還者となった。

・ダンジョン内では火器や電子機器類全《すべ》てが使用できないこと。
・ダンジョン内では物理攻撃でＵＭＡを倒していくと原因不明の力が湧《わ》くこと。
・ダンジョンから出るとダンジョン内部で湧いた力は一部を除きほとんどを失うこと。

この情報はすぐに諸外国に伝えられ、ＵＭＡに対し銃剣やアーミーナイフなどを使った、火器に頼らない掃討作戦が取られ、事態は収束に向かった。

こうして『８・０１災害』と呼ばれることになった事件は一応の終息を見たのであった。

その後も日本はアメリカと協力し、ＵＭＡとダンジョンの調査を進めた。技術の最先端をいくアメリカと、オタク文化を極《きわ》めた日本はとても相性が良かったのだろう。１週間と経《た》たずに様々なことが判明した。

まずダンジョンの中は長い洞窟になっているのに、ダンジョンの入り口の近くから掘り進めてもダンジョン内部につながることはなかった。ダンジョンの入り口は地底から延びる、壊すことのできない直径数メートル程の支柱の上に乗るような形で作られていたのだ。

また、新たな発見として、ダンジョンに入り、UMAを倒すことで筋力が上がるものの、ダンジョンから出ると、上がった分の筋力は10分の1となることがわかった。

握力51の人が中でUMAを倒し、力が湧いてくるのを3度ほど確認したところで握力を測ってみると66になっていた。しかし外に出て再度調べてみると握力は52・5まで減ったのだ。

結果、現時点でのダンジョンに入る利点としては、回復力も上がるようなので筋トレが簡単ということとぐらいだろう。ステータスと関係のない力は外に出ても変わらないようだった。

全国のダンジョンを管理するのは難しいと判断した政府は、千葉を除いた全てのダンジョンを封鎖《ふうさ》することに決めた。しかし、コンクリートで入り口を塞《ふさ》いでも、ダンジョン内で起きた爆発で再び入り口が開いてしまい、さらにダンジョンは周囲の物を恐ろしい勢いで吸い込み、入り口周辺を監視していた数名の自衛隊員が行方《ゆくえ》不明となった。そのため、この措置《そち》は不可能と判断され中止となった。

ただし爆発物どころか爆発の原因すらも特定できなかったため、試験的に何度か強制封鎖を繰り返した末、新たに建造した建物の中に入り口を収めることにした。ダンジョンの外側に通じる空気の通り道があれば爆発は起こらないようで、爆発実験を重ねた結果、ダンジョンが塞がれた後、1週間ほどで爆発と吸収が起こり、強制的に入り口が開かれることがわかった。

その建物は強固な扉が設置され、『ダンジョンダム』と名づけられると四六時中、監視状態に置かれることとなった。

これにより世界は安寧《あんねい》を取り戻し、ダンジョンの存在は大災害の源《みなもと》ではなく、超常現象の類《たぐい》として人類の記憶に刻《きざ》まれたのであった。

政府はこの地下洞窟を正式に『ダンジョン』と呼び、その中に住むＵＭＡを『モンスター』と名付けた。

日本では、現在に至《いた》るまで北海道、岩手、新潟、千葉、東京、富山、大阪、島根、高知、鹿児島の計10の都道府県で発見されている。

ダンジョン内では電子機器類の全てが使用不能となるが、人の脳信号など、極々《ごくごく》微弱な電気については問題ない。

ダンジョンに入るとどういう原理か頭の中に文字が浮かび上がり技能を選ぶことができる。

技能は、剣・盾《たて》・拳《こぶし》・弓・槍《やり》・棍《こん》・罠《わな》・狩人《かりゅうど》・魔法・回復・付与《ふよ》、の11個。

ダンジョン内では個々人にステータスとレベルというものが割り振られ、ダンジョン内で上がった力は外に出ることで10分の1に減少する。また、装備品の重さもダンジョン内では10分の1になる。

ダンジョン外でスキルを使うことはできない。

そして、ダンジョン産の装備には適性レベルがあり、それを満たさない人は装備することができない。

◆

「ただいまー、ハルー帰ったぞー」

俺はそう叫びながら、築50年を優に超えた小さなボロボロの家に入っていく。

「ん〜？　あ、おにい、おかえり」

俺を迎えてくれたのはたった一人の家族である妹の木崎春香《きざきはるか》。見た目は可愛《かわい》いし頭もよくスポーツもできる、人見知りで毒舌《どくぜつ》ではあるが、自慢の妹だ。

そんな万能《ばんのう》なハルの兄である俺は木崎冬佳《とうか》。まるで女子のような名前ではあるが、この家の大黒柱を担《にな》う普通の男だ。イケメンでもなければ男の娘《こ》でもないし、天才でもなければ運動神経抜群《ばつぐん》というわけでもない。

少々合気道《あいきどう》を嗜《たしな》んだだけの、どこにでもいる普通の高校生だったが、今は学生ではない。これには深い理由があるのだが。

「おにいー、何ボーッとしてんの。夜ご飯作って」

「お前も16歳なんだからそろそろ料理ぐらい作れるようになれよ。義務教育も終わってんだぞ。」

「知らないよー。どうせ、もう学校辞めてんだし関係ないでしょ」

そう、俺たちは二人だけで暮らしているわけだが、二人とも年齢的にはまだ学生である。

入学してわずか1年で高校を辞めた春香と、2年で辞めた俺。保護者のいない俺たちは学校に行く金なんか一円たりとも持っていない。バイトで学費を稼《かせ》ぎながら学校に通うという選肢《し》も普通ならあるのだろうが、まず、今までいた高校の授業料が思いのほか高く、転校しようにも学費が払えないうえに特待生を狙《ねら》えるほどの頭脳も持っていない。

そもそも勉強道具を買うお金すら節約したいのだ。だからといって就職活動をすることができないのはある一件が大きく影響している。俺たちがこんな状況に陥《おちい》ったのは8カ月ほど前に遡《さかのぼ》る。

去年の6月、母親が交通事故で死んだ。当然悲しかったが、事故に遭《あ》った理由が酔っ払って車道に飛び出したとなれば目も当てられない。よく考えてみるとそもそも親が家にいた時間はかなり少なく、周りを知らないから何とも言えないが、愛情を込めて育てられたかというと微妙なところだ。

基本的に、両親とも家にいないため、妹は反抗期にも拘《かか》わらずしっかり俺に懐《なつ》き、俺の家事スキルはそこら辺の主婦を凌《しの》ぐのではないかというほどに上達した。

こんな親でも両親ともにそこそこ高給取りだった。なのに、1年間、コンビニ弁当で過ごすには少し足らないだろうという程度の金を親から渡され、これで自分たちがいない日の食事を何とかするように言われていた。正確には一日に１５００円。コンビニ弁当だったら朝昼晩幕ノ内でぎりぎり。量にしたら伸び盛りなのだから足りない。だから俺たちがコンビニ弁当を食べることはなかった。

他にも、服を買うからとお金をもらい、節約した分の金額を俺たち兄妹のポケットマネーにするぐらいには逞《たくま》しくなった。まあ、それは親にもバレていたらしく、遊ぶ金は絶対にくれなかったが。

そんなこんなで母親の死は、悲しいという感情だけであっさりと受け止めてしまった。涙も出たがそれだけ。妹に至《いた》ってはけろりとしていた。

問題はその４カ月後。

10月には父親が失踪《しっそう》した。家にあった通帳と金目の物は全てなくなり、テーブルにはメモが1枚。

『父さん、会社がつぶれたんで駆け落ちするわ。お前ら死んだら責任問題がめんどくさいから死ぬなよ。あ、家の金は俺たちの honeymoon に使うから持ってくぞ。んじゃ、達者《たっしゃ》でな』

父が屑《くず》野郎というのがよくわかった。あと honeymoon じゃなくて honeymoon、とスペルが違うことは置いておくとして、大変なのはその後だ。

まずは生活に必要なもの以外の家具を売った。ソファーや食洗器、テレビなども売った。テレビがなくても情報ならパソコンで見られるから。スマホも妹のを解約し俺のを共有で木崎家のスマホとした。冷蔵庫も売った。大型冷蔵庫は便利だが、中古で小さな冷蔵庫を買った方が差額のお金が手に入るし、電気代にしてもお得なのだ。

次に俺たちは家を出た。と言っても子供だけでどうこうできるようなことではないのだが、そこら辺の書類は父が家を出ていく前に用意してくれていたらしく、父の寝室に置いてあった。それを見ると、残念ながら俺たちが住んでいたのは分譲ではなく賃貸のマンションでもうすぐ契約終了となっていた。特に壊した部分もなかったので追加料金はなかったことにほっとする。

これから住む場所はいつからか倉庫として使われていた、築50年の小さな平屋の一軒家。今までの家と違い田舎《いなか》にあり、倉庫として使われていただけあって、家の中には埃《ほこり》の溜《た》まった小さな風呂とトイレ、狭いキッチンと完全に物置と化しているリビング。そして小さな地下室があった。聞いた話だと酒を寝かしておく倉庫だったらしい。勿論《もちろん》そこに酒はなく、粗大ごみが収納されていた。

都市ガスなんて便利なものは通ってないためプロパンガスを入れ、電気と水道の契約も直した。

マンションの売らないでおいた家具も業者の人に運んでもらい無事引っ越しを終えた。そして朗報《ろうほう》。何と馬鹿《ばか》な父だろうか。家具を売る際に父の寝室でへそくり10万円を発見。有意義に使わせていただこう。

俺たちはその10万円と食費や洋服代などの生活費を抑えて貯《た》めてきたお金を持ち、高校を辞めて田舎にある元倉庫へと移住したのだ。

しかしこの元倉庫。とにかく古い。歩けばギシギシ音が鳴るし、隙間風《すきまかぜ》が吹く。窓は割れているどころか元々ないから、地下にたまたまあった板を、リビングに置いてある工具セットののこぎりで切り取り、ねじで窓枠《わく》に取り付けた。最初は窓を入れようかとも思ったのだが、ネットで調べると思いのほか値段が高いことがわかった。

こんなところで贅沢《ぜいたく》をして出費してはいけないと苦肉の策で板を張ったのだ。台風も来ないのに板を張られた窓枠に、そこそこ大きな庭を囲う2メートルぐらいのブロック塀《べい》。さぞかし怪《あや》しいだろう。その塀もところどころ壊れていて怪しいを通り越して不憫《ふびん》な状況になっているわけだが。

そして最後に、家にあった粗大ごみを処分したのだが、そのせいで多少お金が減った。粗大ごみの中にはお金を払わなければ捨てられないものもあるのだ。木でできた売れない家具などは、ばらしてまとめて外に置いておいた。まだ使えそうな家具は修理をして再利用している。

そんな昔（とは言っても数カ月前のことだが）の光景を思い出しながら、豆腐ともやしをマーガリンと醤油《しょうゆ》で炒《いた》める。今日はバイト先にいる陽気なおばちゃんからもらった少量の白米があるのでご飯付きだ。週に一度ほどの贅沢に頬《ほお》が緩《ゆる》む。さあ、準備完了。米もそろそろ炊《た》ける頃だろう。

「ハル、家の改築はありがたいんだけどご飯できたからこっち来て」

「んー、わかった」

ハルの趣味は、普通の女子では、まずないであろう物の改造や修理である。そのせいか中学高校と美術部に所属していながら、何故《なぜ》か絵は描かずに工作をするといった異質な存在だったと、前に俺のクラスメイトから聞いたことがあった。

何せ美人で無口というキャラが男子の注目を集めており、俺の学年まで情報が来ることがあるほどだ。兄としては肩身が狭い思いをしなくもなかったが、学校ではお互い仲のよい人がほとんどいないため俺たちが兄妹だと知っているのは数人である。

それはともかく、工作好きのハルが家の壊れた床などを簡単に補修してくれている。どうせなら完全に直してほしいところだが、金がないため不便を減らすので精一杯《せいいっぱい》ではあるが。とはいえ、ハルとしても前の家のようにお隣りを気にしてトンカチが使えない、なんて状況から抜け出すことができて嬉《うれ》しいらしい。

「ご馳走様《ちそうさま》でした」

贅沢とはお世辞《せじ》にも言えない少ない食事を、ゆっくりと噛《か》んで完食し、ハルと一緒に手を合わせる。

その後、ハルを風呂に送り出し、食器を片付けて、
これで1日の作業は終了。

「じゃあ、ハルは寝とけよ。俺、ランニングしてくるから」

風呂から上がってきたハルにいつも通り先に寝るように言い、俺は1年前から愛用している丈夫な靴を履《は》き、外に出る。

走る習慣もこの家に住むようになってからできた。田舎に住むのは、買い出しに行くにも大変で、あまり運動をしない俺にはかなりきつかった。それでも今では10キロは普通に走れるようになった。

家の近くの砂利道《じゃりみち》や坂道や段差の多い林道を10キロ走るというのは、都会の10キロを走るのに比べたら相当へビーだった。さらには、耐久性《たいきゅう》だけを考えて丈夫《じょうぶ》な靴を買ったのだが、ランニングシューズとは比べ物にならないくらい重い靴だということに、後から気づくことになった。しかし、今更《いまさら》買い替えるお金の余裕もないので、そのままだ。

しっかりと汗《あせ》をかき、家に戻ってくるとぬるくなった風呂にささっと入る。

全日バイトを入れたいと思うのだが、ここまでの田舎となるとバイトできる場所すら少ない。ハルも俺がずっと家にいないのは嫌がる。

最後に柔軟体操をして、地下の寝室へ向かう。1階も大して広くないので、どうせ置くものもないのならと倉庫を寝室に変えてしまった。さらにこの地下は、1階に比べると夏は涼《すず》しく冬は暖かい。冷暖房のない家では寝室にうってつけの場所なのだ。

こうして俺はハルと一緒に使っている寝室という名の地下室へ行き、自分の布団《ふとん》をかぶり眠りについた。

いつも通りの時間に寝た俺はまだ、こんなことが起こるなど想像もしていなかった……。

2月8日0時0分

「――っ!!」

いきなり床から突き上げるような揺れに驚いて目を覚ます。

次の瞬間、身体《からだ》が宙を舞ったかと思うと、そのまま2メートルほど落下した。すぐ受け身をとったが、寝ている体勢のまま高いところから落下した衝撃は消しきれず、地面に打ちつけられる。肺《はい》から空気が抜けていくのを感じ、慌《あわ》てて深呼吸をして息を整えながら目を開くと、穴に落ちていた。

さっきまで自分がいた場所は地下室だったはず。しかし今は穴の中にいる。正確には地下室に突如出現した深さ2メートル越えの正方形の穴。その底の部分に俺は落ちていた。痛む体を鞭打《むちう》ち、慌てて立ち上がる。見渡すと岩肌《いわはだ》が見え、横に奥へと続く道が続いている。この現象には心当たりがある。

「何でダンジョンが？」

思わずそんな言葉が口をついて出る。

「おにぃー、早く上がってこないとやばいよ。これダンジョンでしょ？」

ハルが少し慌てた声で上から叫んでいる。

やばい。確かにここにいたらモンスターに殺される。ダンジョンの入り口は壁面の材質が変化している部分からだと聞いたことがある。つまり、この奥からモンスターが普通に出てくるはずだ。

聞くところによるとダンジョンに入るとモンスターに見つかりやすくなるらしい。

俺が立っていたのは、家の壁の材質から灰色の岩肌に変わる一歩手前だった。

「あぶね!!」

俺は慌てて地下室のほうに戻る。戻るだけにしても、高さ2メートル越えの段差を登らなくてはいけないためハルに梯子《はしご》を用意してもらった。普段なら腕力で登れるが、地面に打ちつけられた今の体では辛《つら》い。骨が折れたりはしてないようだが純粋に痛い。

「どうしよっか」

ぽつんとハルが呟《つぶや》くのを聞き、もう一度ダンジョンをのぞき込む。

モンスターが出てくる様子はないが、このままだとどうなるかわからない。普通なら通報するのだろうが、警察が来たならば確実に俺たちはこの家を追い出されるだろう。日々の生活をしのぐほどしか収入のない俺たちには新しい家を見つけることはできない。そうでなくても二人で暮らすことができなくなるかもしれないのだ。

ダンジョンを見つけたら警察に通報しましょう、なんて法律もないわけで。自分からそんな愚行《ぐこう》を行う気はない。

「とりあえず、放置か。この高さだとダンジョンのモンスターがここにきても地下室まではすぐには上がれないだろ。あとはこのまま置いといてダンジョンが爆発しないかだよな。下手すりゃこの家大破だし」

「それは大丈夫じゃないかな。この家、隙間風だらけだし。家の扉も蹴《け》れば壊れるような強度だしね」

確かにダンジョンの出現情報は政府が国民の安全確保を優先して強く情報を求めたため、かなり詳細《しょうさい》な内容が公開されている。たしか、空気の通り道があって一般人でも簡単に入れる環境なら平気なんだよな。なら、問題はないか。

とは言ってもダンジョンの中を少し見てみたい気はある。しかし、実際ダンジョンを放置していたら中からモンスターが溢《あふ》れ出したという前例があるのも怖いところだ。そんな理由でハルを巻き込むのも……。

「ねえおにい、ちょっとダンジョン潜《もぐ》ってみない？　たしかモンスター倒すと肉とかも手に入るんだよね。節約だよ、節約」

「は、はぁ」

俺の考えを読んでいたかのように無表情なのに目をキラキラさせるという器用なことをしな

がらハルが言ってくる。突然のことで曖昧《あいまい》な返事をしてしまったがハルも行きたいというなら問題ないだろう。

「よし、今は1時だから6時半頃まで寝てから自転車でホームセンター行くか。開店が9時だったから7時に家を出れば間に合うだろ」

実を言えば俺もハルも原付の免許は前の夏休みに取ったのだが、この家に来る前に2台とも売ったため、いま家にあるのは1台の自転車のみだ。

1カ月前に母親が交通事故で死んでいるのに原付の免許を取るのは怖くないのかと二人で話し合ったりもしたが、死んだ理由が酔っ払っていただけだと考えるとどうでもよくなった。ただし、成人しても酒は飲まないことをハルと誓《ちか》い合ったのはよく覚えている。

そして、とりあえずダンジョンの穴の下に落ちてしまっていた俺の布団を引き上げ、ハルと一緒に1階に上がり、布団を敷いて寝ることにした。

◆

スマホのアラームが鳴り、目を覚ます。深呼吸をすることで脳を目覚めさせ、夜にあったことを思い出す。

とりあえず周りに注意しながら地下室に行ってみたが、モンスターがダンジョンから登ってきたような痕跡《こんせき》はなかった。

ただダンジョンをのぞいてみると半透明のドロドロがあった。いや、動いているから所謂《いわゆる》スライムという奴だろう。しかし、いずれにせよ、それを退治《たいじ》する方法などは思いつかないので正方形の穴の縁《ふち》に座りスライムを観察する。

スライムは俺に気づいたのかプルプルと震えている。そして跳《と》んだ。

「うわ!!」

跳ぶとは思っていなかったため俺は驚いて少し後ずさる。

直径30センチもないスライムが1メートルも跳んだのだ。そりゃあ驚く。某国民的RPGの雑魚《ざこ》スライムなら跳んでもおかしくはないが、ここにいるスライムはあんな可愛いものじゃない。丸いぷよぷよしたものではなく、まるでヘドロのような、汚い液体の塊《かたまり》なのだ。それに、いったい誰が跳ぶと予想できるのか。

一人でひやひやとしていると、1階からハルが降りてきた。

「おにい、おはよ。朝ご飯食べよ」

ハルの手元を見てみると皿におにぎりが二つ載《の》っている。

「ありがとな」

横に座ったハルの頭をくしゃくしゃと撫《な》でると猫のように目を細めて嬉しそうにする。それを少し眺《なが》めてからおにぎりを食べる。ハルも俺の横でおにぎりを食べ始める。いつものことながらハルの作るおにぎりは塩味が丁度《ちょうど》よくておいしい。

「あ、塩か」

ふと思い出したことがあり、台所から塩を持ってくるとスライムにかけた。

すると穴の下でズルズルと動いていたスライムはみるみる縮《ちぢ》んでいくような気がする。

そして跳ねた。

「キャッ」

はぁー。

ハルが可愛い声で驚くが、俺は横でため息をつく。縮んでいくから成功かと思ったが、ただ跳ぶ準備をしていただけだったようだ。おそらく上からちょっかいをかけられたため反撃してきたのだろう。しかしその程度。スライムの体積がナメクジのように減ることはなく、塩は無駄に終わった。

おそらくスライムそのものがただの水分ではないのだろう。それか表面に膜《まく》があるのか。

「よし、スライムが地下室に上がって来れないこともわかったし、ホームセンター行くぞ」

ハルに声をかけて立ち上がる。部屋の隅《すみ》にある引き出しを開き、その裏に張り付けてある10万円をはがしとる。

世間《せけん》の人は10万円程度で、と思うかもしれないが、俺たち兄妹にとっては大金だ。これだけは前の家で見つけてから使わないできた。正確に言うと、最初には使ったが、バイトをすることで元の10万円まで戻し、それからの生活費はバイトで補《おぎな》い、尚且《なおか》つ少しずつ貯金をしているのだ。ハルが嫁入りする時のために。

だからこそもっとバイトを増やしたいのだが、何せバイトを入れすぎるとハルに泣かれる。曰《いわ》く一人は嫌らしい。ハルもバイトをすればと思うが、人見知り過ぎて面接で弾《はじ》かれる。将来的には治さなきゃいけないが、無理だったら優しくて養《やしな》ってくれる夫を見つけてくれと言いたい。

もちろん、そこら辺の男だったら俺は認めない。ましてや自分の父みたいな奴のところへハルを嫁《とつ》がせるわけにはいかないのだから。

鞄《かばん》に10万円の入った財布《さいふ》とスマホとロープをしまい、家を出る。ロープは帰りに買ったものを自転車に縛《しば》りつけるためだ。

「おにぃー、早くー」

ハルが自転車の後ろに乗ってせかしてくる。

二人乗りはだめだって？　取り締まるどころか、ぶつかる人すらいないよ。それが田舎だ。まあ、人がいるところに出ても二人乗りをやめるつもりもないけど。だって疲れるから。

その後は何事もなく、二人乗りを注意されることもなくホームセンターに着いた。

問題があるとすれば後ろに乗っているハルが「ぶっきー♪」などと口ずさんでいることぐらいか。お願いだからやめてくれ。危険人物だと思われたくない。

家から自転車で2時間もの距離を隔《へだ》てたここら辺はしっかりとアスファルトが敷かれ、そう高いビルはないもののマンションや店が充実している。

ホームセンターに入ると農具や工具のあるコーナーに向かおうとするハルを引きずって柵《さく》のコーナーに行く。

「何で柵なの？」

ハルはいつも通り何も考えていない。物質的な何かを組み立てたり、そのための計算をするのは得意なハルだが、人の考えを読んだり今後のことを予測したりするのはもっぱら俺の方が得意だ。

「地下室に出て来れないとはいっても塞いでおきたいだろ。柵を横にして蓋《ふた》にするんだよ」

「あ～そっか。じゃあ私が扉を作るよ。家に金属切るやつあったはずだから、ワイヤーだけ買って。溶接の器具はさすがにないし、あっても資格ないとやっちゃいけないって聞いたことあるし。なんとかワイヤーでやる」

「了解。頼む」

やっぱり工作となるとハルの独壇場《どくだんじょう》なことがよくわかる。

踏んでも蹴っても壊れなさそうな丈夫な柵に目星をつけてから、カートを手に取り工具のコーナーに向かう。とはいっても何故か工具の類は家にたくさんある。それを置いていた親や祖父母はいったい何がしたかったのか。

「ワイヤーと固定する杭《くい》を買って、あとネジもか。トンカチとドリルは家にあるから」

ハルはさっさと工具を見て回り必要なものだけを必要な数だけ揃《そろ》えていく。

「私バールがいい。定番だけど。それかスパナとかハンマーとか」

おそらくゾンビ映画のことを言っているのだろうハルを見るとバールを肩に担《かつ》ぎコテンと首を傾《かし》げている。可愛くない。というか怖い。

「じゃあ、バールだけな」

とりあえず一番使いやすそうなものにするが、何故かいっきにカートの中が物騒《ぶっそう》になった気がする。スパナもハンマーも買ったら確実に危険人物だろう。この後、農具コーナーでさらに買うのに。

「よーし、次は農具のコーナーに行こう」

ハルは相変わらず元気に歩いていく。

農具コーナーにあるのはもっぱら武器として使えそうな物ばかりだ。それ以外にダンジョン内で使えそうな物がない。種《たね》をまいて肥料《ひりょう》をかけるとしてもそもそもダンジョンの地面は掘れないらしい。

ハルは刺すこともできる先の尖《とが》った鉈《なた》を持ってきた。というか素人目《しろうとめ》にはナイフとの違いがよく判《わか》らない。若干《じゃっかん》分厚いところだろうか。まあ用途は木を切ることじゃないので構わない。

「俺はこれかな」

近くにあった三角鍬《くわ》というものを手に取った。土を耕《たがや》す部分が三角になっていて土に刺さりやすく、刃がついているため草刈《くさか》りもできるという便利製品だ。

不自然でないぐらいに振ってみるが違和感はない。持つ部分も金属でできていて丈夫そうだったため満足して、カートに入れる。買うものは揃ったので、柵のコーナーに戻り、あらかじめ決めていた柵をカートに載せてレジへ向かった。

特にレジで怪しまれることもなく店を出ることができたのにはほっとした。

そして今、俺は荷物を自転車に積んでいる。小さなものは前のかごに入れて、長いものは傘《かさ》を収納するときのように自転車に差し込む。そして柵を自転車の横に括《くく》りつけた。もう何があっても自転車に乗ることはできない。

「「はぁー」」

ハルと同時にため息を吐き家へと歩き出す。自転車で片道2時間。自転車は徒歩の3倍の速さと聞いたことがあるので、6時間。そりゃあため息も出ますわ。

家に着くとすぐに荷物を持って地下室へと降りる。帰り道6時間、さらにほかの店にも寄ったので帰りは8時間ほどかかった。往復10時間、買い物や食事で2時間、計12時間の外出は精神的にも肉体的にも疲れたが、だからと言って休むわけにもいかない。ダンジョン対策は早めにしておきたいのだ。

ドサドサと地下室に買ってきたものを並べる。

120cm×150cmの鉄柵《てっさく》・太めのワイヤー・杭・南京錠《なんきんじょう》・バール・鉈×2・三角鍬・全身のプロテクター×2・作業着×2・水筒×2。

計90000円と少し。持って行った10枚の諭吉《ゆきち》はいなくなりました。

ハルが柵とワイヤーと鉄を切るための大きなニッパーで作業を始めるのを見届け、俺は地下にあるものを1階に運び出す。帰り道に話し合って、地下室はダンジョン専用にすることを決めたのだ。とは言ってもお金のないこの家に価値のあるものがあるわけもなく、整理が大変だったただけで、上に持っていったのは小物だけだった。ハルのノコギリやトンカチなどの工具はそのまま地下に置いておくことになった。

「あ、おにい終わったよ」

作業を終えて地下室に戻るとハルが大の字で寝転がっていた。

「お疲れ。あとは柵を設置するだけだから休んでていいぞ」

柵を持ちあげてみると一部が扉のように開く。

「扉は80×80でとったよー」

ハルが報告してくれる。80×80ならば普通のものなら通れるだろう。

とりあえず元からこの家に置いてあった工具の中から振動ドリルを取り出す。こんなものが何であるのかと思うが、考えないでおこう。

「ハル、音が大きいから上行って耳栓《みみせん》つけておけよ」

ハルを地下室から追い出し、耳栓をつける。振動ドリルがあるのだから消音ヘッドホンぐらい置いておけよと思うが、ないものは仕方がないのだ。耳栓だけでは不安なので耳を覆《おお》うように頭に布を巻く。

で、ドリルを垂直にし、ダンジョンの穴の縁《ふち》から数センチほど離れた部分を掘る。

ダンジョンの縁、計8カ所に穴をあけたら扉付きの柵をダンジョンの入り口を塞ぐように置き、先ほどあけた穴に杭を打ちつけて固定する。扉の部分に大きな南京錠をかけ、南京錠の近くにワイヤーで鍵《かぎ》をつるす。対策する相手が人ではないため、押したり引いたりしただけで開かないならば何でもよいのだ。

ちなみに穴の下には何もいなかった。スライムも帰ったらしい。

それを確認したときに初めて気づいたが、開いた扉はそのまま梯子として使えるような作りになっていた。ここまで気が利《き》くのがハルらしい。

「終わったー」

終わったことに満足してとりあえず寝転ぶ。耳栓と布じゃ足りなかったのか少し耳が痛い。

しかしとりあえずはこれで準備完了だ。あとはダンジョンに入るだけ。手を頭の下に入れて目をつぶる。こんだけやったんだ。少しくらい眠ったって誰も文句は言わんだろう。そう自分に言い訳をする。意識はいつのまにか、微睡《まどろみ》の中に沈んでいった。

「おにいーご飯できたー」

上から声が聞こえて目を覚まし、体を起こす。俺が寝ている間に作ってくれたらしい。

1階に上がりリビングに行くと、ハルはすでに座っていてテーブルには豚肉《ぶたにく》ともやしを炒めたものが置いてある。安上がりでいいのだ。

「「いただきます」」

二人でご飯を食べながらこれからどうするかを決める。

「で、ハル。明日にはダンジョン入るのか？　今日はもう22時だからダメだけど」

「うーん、さすがに今日は疲れたし眠いから入らないよ。明日は様子見ってことで少しだけかな」

「了解。作業着を着て、その上にプロテクターつけるのは確定だろ。ハルの武器はバールと鉈でいいよな」

「おにいは、鍬と鉈だよね。二人とも鉈はサブということで。ライトは？」

「ダンジョンの中は明るいようだからいらないな。そもそもダンジョンの中で電気は使えない。あとは水筒か」

「そっかー。水筒は私が用意しておくから。おにいは武器と防具用意しといて」

「それが無難だな、わかった。と、ご馳走様。俺は外走ってくるから。食べ終わったら先に寝てろよ」

「ほーい、いってらっしゃい」

ハルに見送られ外に出ると、辺《あた》りは暗く、すっかり冷え込んでいた。とは言っても、冬だから一日中寒いのだが。ずっと住んでいたマンションを出て、こちらに来てから寒さに強くなった気がする。

エアコンなんて便利なものもなければストーブやコタツすらない。寒かったらひたすら厚着をするだけだ。それに加え、こっちに来てからは毎日こうして走っている。こんな寒い中を走っていれば多少は寒さに強くなるだろう。

田んぼの間を走り、林道を走り、いつも通りの時間をかけて家まで戻ってくる。一日動き回ったとはいえ、さして体を酷使《こくし》したわけではないのだから身体的疲労は大したことない。

家に入ると電気は消えておりハルはもう寝たようだ。俺も軽く風呂に入り、布団にもぐる。さすがにこの歳《とし》にもなると何か興奮《こうふん》して眠れないなんてことはなく、ハルはすでに眠りについているようだ。とりあえずは昨日のように周囲を警戒《けいかい》しながら寝なくてすむことに安堵《あんど》しつつ、俺も眠りに落ちていった。

アラームが鳴り目を覚ますと、既《すで》にハルは部屋にいなかった。周囲を見渡すと机の上にメモと一つのおにぎりが置いてある。

「えーっと。『私は早く起きたから、朝ご飯食べたらすぐ来てね。準備してるから』か。前の日、あれほど動き回ってもいつもより早く起きちゃうのな」

幸い俺は起きたらすぐに活動を始められるタイプなのでおにぎりをぺろりと平らげ、薄手《うすで》のジャージに着替えてから地下室に向かう。

ハルはその時、さっきまで着ていた服を脱いで作業着に着替えようとしていた。

「ハル、下手したら怪我《けが》するから作業着の下に薄い服着といた方がいいぞ」

「あ、そっか」

ハルは納得しましたとでもいうように手をぽんっと叩《たた》き、下着姿のまま上に向かっていった。

だけど、部屋が1階と地下室しかないのでいつも同じ部屋で着替えをするしかなかったからか、ハルの下着姿を見てもどうとも思わない。もし裸《はだか》でも見たら動揺ぐらいするかもしれないが、その程度だろう。おそらく俺の中では妹はあくまで妹であって女子ではない。

いや、それが普通か。などと考えながら作業着を着ていく。上下が一つにつながったやつなのですぐに着ることができる。肘《ひじ》と膝《ひざ》にプロテクターをはめているとハルも戻ってきた。しっかりと薄手の服を着て、手には二つの水筒を持っている。

ハルから水筒を受け取り、あらかじめ用意してあったリュックに入れ、袋から出した鉈などの武器を腰の左側に括りつける。ケースの中に入っているので結構安全だ。

ダンジョンの中では電子機器の一切が使用できないため、結構前に買った電池を使わない懐中時計の時間を合わせ、しっかりとネジを回しておく。1日は余裕で持つらしいから探索に支障はないだろう。スマホはどうせ使えないのでいらない。そして方眼紙とペンをハルに渡す。

さすがに何も持たずに中に入ったら迷う自信がある。それに距離や方向の把握《はあく》はハルの方が得意なのだ。

「よし、おにい。行こうか」

ハルは俺と同じような装備をしてバールを肩に担いで言う。

「よし、初ダンジョン探索だ」

南京錠を解き、扉を開け、梯子を利用して下まで降りる。ダンジョンの入り口、壁の色が変わる直前の位置まで来た。

ハルが大きく口を開く。

「第1回、木崎ダンジョン探索!!」

俺たちは同時にダンジョンに足を踏み入れた――。


（なっ!!）

ダンジョンの床を踏むと同時に視界から色が抜け、全てが停止した。時間が止まったのか。

いや、驚きの声が出ないどころか視線すら動かせないことを考えると周りが止まっているのではなく俺の意識が周りが止まって見えるほど加速しているのだろう。いや、時間が止まっていて考えることだけができる状態なのかもしれない。そんなことを考えているといきなり頭の中に文字が流れてきた。どこにも書いていない文字を読んでいるようななんとも言えない感覚だ。

『剣』『盾』『拳』『弓』『槍』『棍』『罠』『狩人』『魔法』『回復』『付与』


これはゲームでいう「職業」とかなのだろうか。だとすると自分たちは何を選ぶべきか、しっかり考えなければいけない。

おそらくここに書いてあるのは武器の種類ではないだろうと思う。もしそうなら俺の鍬やハルのバールは使えない。

すると……手段か。剣は切る、盾は守る、拳は殴る、弓は射《い》る、槍は刺す、その他もろもろといったとこか。

（あ…）

思い巡《めぐ》らせているといきなり職業の詳細が出てきた。驚いて声を出しそうになるが先程と同様に声が出ないどころか口も開かない。

『剣』…キリサク　チカラ　タイリョク　ニ　ホジョ
『盾』…マモル　チカラ　カタサ　ニ　ホジョ

『拳』…ナグル　チカラ　ハヤサ　ニ　ホジョ
『弓』…イル　チカラ　ネライ　ニ　ホジョ
『槍』…サス　チカラ　バランス　ニ　ホジョ
『棍』…コワス　チカラ　チカラ　ニ　ホジョ
『罠』…カクス　チカラ　モノ　ヲ　カクシ　テキ　ヲ　ウゴカス
『狩人』…ミツケル　チカラ　シリョク　ト　ハヤサ　ニ　ホジョ
『魔法』…マリョク　ウツ　チカラ　マホウ　ヲ　ハナツ
『回復』…イヤス　チカラ　キズ　ヲ　イヤス
『付与』…ホジョ　スル　チカラ　イロイロ　フヨ

片言でとっても見にくいです。いや紙に書いてあるわけじゃないから見にくいというよりは理解しにくい。

まず前衛《ぜんえい》をやるか後衛《こうえい》をやるかだが、ハルはバールで戦うつもりのようだから前衛を選ぶだろう。となればハルは、槍か棍のどちらかだ。バールじゃ斬《き》ることはできないし、モンスターに殴りかかる度胸《どきょう》もないだろう。

そうすると俺は後衛に回った方がいいことになる。俺はハルと違い武道の経験があるので、後衛でも危険を避けたり逃げるぐらいはできると思う。

となると弓・罠・魔法・回復・付与の5つか。狩人というのもあるがよくわからないものにはなりたくない。

矢など持ってないから弓は除外。おそらく罠も道具が必要だと思うので除外。

で、魔法・回復・付与か。魔法で攻撃をするか、傷ついたのを回復するか、付与で強化するか。でも、回復以前に痛い思いはしたくないから怪我をしないような戦い方になるだろう。となれば、魔法か付与だな。

と、いうわけで決められないので右利きだから右側をとる。

付与を選びます、っと。

頭の中で念じるとそれでよかったのか今まで出ていた文字が消え新しい文字が出てくる。

【アナタハ付与スルモノデス】

そんな文字が浮かぶと同時に体が、視界が動き出す。

横を見ればハルも同時に動き出していた。

「で、ハルは何にした？」

目をキラキラと輝かせてこちらを向くハルにとりあえず職業を聞いておく。

「おにいのも気になるから同時に言おうよ。せーの!!」

俺たちは同時に口を開く。

「魔法!!」「付与」

「「え？」」

何とまさかの二人とも後衛という事態になってしまった。

「どうする？　ハル」

「おにいが無理にでも前に出てくれたらいいんだけど……だめだよね」

「まだ様子見てないからわからないけど、火力が足りないんだろうな。たぶん単純な火力では前衛職のほうが上のはずだからな」

「ん、職？　クラスじゃないの」

「ハルがやってたゲームがクラスって言ってるだけだと思うぞ。まあ言いやすいしクラスでいいか」

「そうだね。話を戻すけど、私、バール持ってるし前出るよ」

「お、助かる。じゃあ二人で前衛メインに戦いながら状況に応じて魔法を使っていこうか」

「オーケー、じゃああれで」

不敵に微笑《ほほえ》みながら洞窟の先に目を向けると、半透明のぶよぶよがいた。この前も見かけたスライムと呼ばれている奴だ。

「ハル、一応聞いておくけど今何の魔法が使えるかわかる？」

「ん？　ん～【ボム】だって」

クラスを決めた後、何故か頭の中で理解していたスキルがあったから、ハルにもあるだろうかと訊《たず》ねてみたが正解だったらしい。

「俺は【スピード】ってやつだな。じゃあ突っ込むから補助頼む」

「了解」

ハルの返事を聞いて鍬を構える。突っ込むといっても何の警戒もせずに飛び込むほど馬鹿じゃない。

「【スピード】」

自分にスキルをかけると僅かにだが脳と体が加速するのを感じる。しかしそのままゆっくりとスライムに歩を詰めていく。

スライムが縮むのを見て足を止める。

「せい!!」

スライムが飛んできた瞬間に鍬を振り抜いた。

「っ!!」

スライムは鍬にぶち当たり横に吹き飛んだ。液体のようなものを叩くイメージだったが、当たった感触はゴムのようで、勢いよく弾き飛び、思わず鍬を落としそうになる。

しかし、鍬に当たって吹き飛んだスライムはそのまま壁に激突。跳《は》ね返ることもなく、べちゃっとした音とともに潰れて、地面に落ちる。

「うりゃ」

そのスライムに向けてハルがバールを振り下ろすと、バールは勢いそのままに弾き返され、スライムは何事もなかったかのように地面でプルプルと震える。

「【ボム】」

ハルのかざした手から弾丸《だんがん》のような光が飛び出すと、その光は真《ま》っ直《す》ぐスライムに向かって飛んでいき、当たると同時にスライムの体の半分ほどを消し飛ばした。一瞬の出来事だが、スライムには致命傷に近いダメージを与えた。核《かく》が露出《ろしゅつ》したスライムの体積は半分ほどになっていた。

「よいしょっと」

小さくなったスライムなどは怖くないので、軽く鍬を振り下ろして核を叩き割る。

核が破壊されたスライムは黒い霧となって消えていった。

「スライムなのに強くない？」

「そうだな」

俺たちは初戦闘の意外な大変さに呆然《ぼうぜん》とする。

二人は知らないがダンジョンではステータスというものがあり、その値《あたい》で強さに大きく差がつく。スライムは当然ながらダンジョンの雑魚であり、初戦闘だったとしてもクラスが『斬《ざん》』の人が斬れば一撃で終わりだったりする。

そんなことを二人が知るのはもう少し先の話。ちなみに既にダンジョン攻略を進めている自衛隊からしてみれば周知の事実である。

「よし。これを繰り返していくか」

「うん」

１日目ということもあり、そこまで奥には行かないようにしながらも、二人は効率悪くスライムを殺していくのであった。


４時間もの間、スライムを狩《か》り続け、だんだん慣れてきたので、今は一人ずつ交代で狩っている。最初はがむしゃらに振っていた鍬も、刃を突き立てて押しつけるようにするだけで意外と簡単にスライムを切ることができた。

もちろん４時間も体力と気力が持つわけがなく、見張りをしながら交代で休憩《きゅうけい》を挟《はさ》んだ。また、途中で身体にちょっと違和感を感じると動きがよくなった。なるほど、これがレベルアップなのだろう。

で、俺たちは今、下へ降りる階段の前にいる。２階層への階段だろうけど下にいるのはスライムのような雑魚（？）キャラではないのだろう。

「帰るか」

「帰ろう」

１階層は割と狭くて、10分ほどで帰れた。穴の下まで戻ると梯子を登り地下室に出る。上がった後に鍵を閉めるのは忘れない。ただ、ダンジョンから出たときに力が抜けた気がしたのは上がったステータスがダンジョンから出て10分の1になったからだろう。

ハルに武器の手入れを任せて俺は夕飯を作り始める。時間を忘れて探索していたらしく、外はもう暗くなり始めている。鉈は守りに使っただけなので大丈夫だが、問題は鍬だろう。先端が何度も地面に当たったので曲がっているはずだ。とりあえずハルには包丁用の砥石《といし》を渡しておく。この家にはこのようなものなら結構豊富にあるのだ。

いつも通りの質素な料理が出来上がる頃には、ハルも武器の手入れを済ませて戻ってきていた。ということで、食事をしながら今日の探索で気づいたことなどを話し合う。

ダンジョンの情報は国が管理している。そうは言っても初期の時点で判明したことは一般市民にも情報が流れている。

そうした情報と先ほど体験したことを比べると疑問がある。

まずスライムだが普通は一撃で倒せる敵らしい。しかし、何故か俺にはできない。ハルの魔法ならできることもあるんだが。

そしてアイテムのドロップがない件。今日だけで二人合わせて結構な数のスライムを狩ったがアイテムは一度もドロップしなかった。

ゲームだとモンスターが消えた後にその場に残るはずなんだが。

それに、魔法に関する情報はほとんど何もなかったが【スピード】や【ボム】を使うたびに身体に違和感が溜まっていった。そしてそれが一定まで達すると使えなくなる。おそらくだが

MPという概念は存在するのだろう。

「考えても仕方ないでしょ。明日は朝から行こうよ」

ハルは別に気にならないようでさっぱりしている。しかしどうやら探索は楽しかったようだ。

確かに気にしていても無駄か。

「よし。明日は10時発で行くぞ。簡単な食べ物作っとく」

「よし」

ハルは小さくガッツポーズをとる。

これこそがダンジョンができても何も変わることのない木崎兄妹の日常である。

◆

朝、6時にいつも通り目を覚まし、久しぶりにネットニュースを見る。が、そこにはいかにもタイムリーな話題があった。

『ダンジョン協会が先日発表した試験型ダンジョン探索者──本日より講習開始──』

俺たちが知らぬ間に、ダンジョンの一般開放が進められていたようだ。しかし一般開放とはいってもいきなり無制限に入れるのでは治安や法整備が追いつかないため、4人一組で25組選出ということでダンジョン探索希望者を募集したらしい。

募集期限は1週間。当選した人は1カ月の検討期間を置き、2週間の講習を受ける。で、その後1カ月間、ダンジョンで探索ができるということらしい。

その講習が今日からというわけだ。記事によれば、その講習の結果を見てさらに探索できる人は減らされるらしい。

「まあ、俺たちには関係ないか」

一人呟き朝食を作り始める。すぐにハルも起きてきて、ひと通り準備を整えてから、俺たちはダンジョン探索2日目を始めるのだ。

「じゃあ今日は2階層を探索をしよう」

「1階層の道は覚えてるから、それまでは俺に狩らせて」

「うーん。まあいいか。その方が効率いいしね」

昨日の探索でお互い何に向いているかが、よくわかった。俺は音を立てずに急所を狙《ねら》い一撃で仕留《しと》める形だが、ハルは派手《はで》な魔法とバールの打撃を使った力業《ちからわざ》だ。

今日の目標は2階層の探索なのでハルにはMPを温存してもらっている。大事な場面で使えなくなったらまずいので、俺も【スピード】の付加なしでの戦闘だ。

とはいっても昨日レベルアップした感覚があってから体がとても動きやすく、正直スライムごときでは敵にならない。最初に【スピード】を使ったときの速さとレベルアップしてからの通常の速さが同じくらいな気がするのだ。

周りを警戒しながら進むも危険なことはなく、２階層への入り口へはあっという間に着いた。

「まずは様子見で、怪我をしないように進む」

「じゃあ、私も【ボム】使うからね」

ハルはバールで素振りをする。ハル曰く魔法を使うときは手から使うより、何かを通して使うほうが簡単らしい。ハルの場合はバールが杖《つえ》となるわけだ。

「よし、行くぞ。【スピード】」

俺とハルに付与した後、鍬を構えなおすと、２階層探索を始めた。

歩くこと十数秒。最初に見たのは緑色の子供だった。いや、その顔は人間にしてはあまりにも醜悪《しゅうあく》だ。

「ゴブリンだよね」

「俺が前衛。補助頼む」

役割を一瞬で決め、ゴブリンの顔めがけて鍬を振り上げる。ぎりぎり横に躱《かわ》されてしまうが、そのまま薙《な》ぐようにし鍬を腕に絡《から》めて動きを止める。それと同時にゴブリンに向かって光が飛び爆発が起きると、ゴブリンは倒れる。

「終わったか。ハル、どうも……!?」

後ろから気配を感じ振り向くと目の前にはゴブリンの尖った爪《つめ》が見える。後ろに跳び退《の》きながら右手で顔をかばうが、手の皮膚《ひふ》が薄く斬《き》られる。右手には鍬を持っているがこの近距離では対応できない。左手で腰の鉈を抜き、そのままゴブリンの顔にぶつける。

「ギュエッ」

ゴブリンの頭が割れ、情けない声と共にあっけなく死んで黒い霧となる。

先ほど切られた腕を見ると血が薄くにじんでいる。俺はよかったとほっと胸を撫《な》で下ろす。

血は出ているがその程度ということだ。

「おにい、大丈夫!?」

慌ててハルが近づいてくる。

これくらいならば適当に処置しておけば治る。感染症は気になるが、病院で診《み》てもらうのも
金が勿体無《もったいな》いのでひどくなったらでいいだろう。念のためにしっかりと処置はするが。

「ハル、俺の鞄から水と包帯《ほうたい》出してくれ。あとテープも」

「え、あ、うんわかった。これとこれと、これね」

「ありがと。傷は浅いから心配しなくていいぞ」

話しながらもさっさと応急手当てをしていく。傷口に水をぶっかけて洗い流した後、包帯を
巻いてテープで止める。

「おにい、今日は帰ろう」

ハルは心配そうにしているが問題はなさそうだ。

「少し痛むだけだから問題ない。武器は振れるからもう少し探索を進めよう」

俺としては少しの痛みより目の前の楽しみを優先したい。奥から2匹目のゴブリンが来るのを見つけると、にやりと笑い、鍬を構える。

「次は油断しないから。大丈夫」

勢いよく前に踏み込んでゴブリンの胸を鍬で押す。唐突《とうとつ》に押されたゴブリンは後ろへとよろけたので、すぐに鍬を下げ、足を引っ掛ける。

「よいしょっ!!」

バランスを崩《くず》したゴブリンの頭をハルがバールで殴る。俺は倒れこんだゴブリンの首に鍬の刃を当てて引く。

「グ、ギャ」

切断しきれなくても深く首を斬られては死ぬ。今回は油断せずに黒い霧になるまで待ち、しっかりと周囲を確認してから息を吐く。

「戦い方はわかったし、次は私も前衛で入るからね」

少しずつ進みながらその後も魔法を使わずにハル主体で戦っていく。奇襲《きしゅう》に使いやすい鍬と違ってバールは直接的な殴り合いに適しており、ハルは俺ほどは動かないで戦うことができるようだった。

このようにして2日目を終える頃には二人の戦闘スタイルを確立することができた。

こうして相当楽に戦うことが可能になり、ついには、5日目にして2階層もクリアしてしまった。

　少し簡単すぎることが気になったが、翌日には3階層に行くことになっている。

　また何か違うことが起きるかもしれないので、明日も気を引き締めていこうと鍬を振るった姿は自然と様《さま》になっていたのだった。

◆

「おにいー、準備できた。ダンジョン行こ」

　朝、起きて朝食を食べたハルはそそくさとクローゼットを開けて着替えると、武器の手入れを始める。ゲーム機がなく、通信速度が遅くてスペックも低いパソコンしかないため娯楽《ごらく》に乏《とぼ》しい木崎家の二人はダンジョン探索に嵌《は》まっていたのだ。

　ハルが武器の手入れを終えると、俺は部屋の隅に置いてあるリュックを背負い武器を装備する。バイトがあった日を除き、2週間もあれば、今までになかった楽しいことが習慣として定着するのも当然であろう。

　2層目を探索し終えた日から9日が経った。

　ダンジョンは当然のことながら階層を進むにつれて難易度が上がるようで、今は4階層の攻略間近《まぢか》といったところだ。さすがに5日で2階層攻略というのは運が良かっただけのようだ。

そもそも俺はバイトがあるため、毎日は潜ることができない。モンスターに関しては特に変わらず、変化があったのはゴブリンが棒を持つようになったことと、3階層で一度だけふわふわの、光るウサギを見つけたことか。

ウサギは倒してみるとレベルが二つ上がったような気がしたから、あれは経験値《ち》のためのレアモンスターという部類に入るのだろう。そもそもレベルという概念が適応しているのかは不明なのだが。

さらに、ここまで来てドロップアイテムは一度も見ていない。定番では、殺したモンスターから自力で剝《は》ぎ取るか、消えたモンスターからドロップアイテムだけが残るかだけど、そのどちらでもなさそうだ。ドロップする確率が低かったとしても、百を超える数のモンスターを殺しているのに、一度もドロップしていないのだから。

となると、このダンジョン内で得られるものは、ダンジョンから出ることで10分の1まで減ってしまうその力だけということか。だとすれば俺たちがここから金銭的価値を見出すのは難しそうだ。東京のダンジョンではドロップがあったらしいので、このダンジョンが例外なのかもしれないが。

そんなことより、ダンジョン探索のスリルと期待感が娯楽になってきている俺たちは今、5階層の探索に乗り出そうとしていた。

戦闘を重ねて生まれた勘《かん》なのか、俺たちに見えない力が働いているのかは知らないが、便利なことにモンスターのいる場所が大まかにわかるようになった。

もしかすると戦場を経験した軍人もこんなふうになるのだろうか。そういえば外国では紛争地帯にダンジョンができて膠着《こうちゃく》状態になったとか停戦協定ができたとか前にニュースで見たが——。そんなことを考えているとハルから声がかかる。

「ん、おにい、曲がり角にいる」

「ゴブリンが3体だな。ハルに任した」

仮に索敵《さくてき》と呼ぶこの勘はハルにもあるのだが、俺より索敵範囲が大きい代わりに何かがいるとしかわからない。俺のは索敵範囲は狭いが、どんな形の敵がどれだけいるか詳細がわかる。だからこそモンスターの姿を見る前からこのような会話が成り立つのだ。

「【ボム】」

角から出てきた先頭のゴブリンはそのまま魔法が直撃し、何が起きたのか知る前に死んでいく。

驚いた他のゴブリンたちがこちらに突っ込んでくるので、片方の頭に鍬を突き刺し、もう片方の首を鉈で斬る。

4階層の敵は少々強くなってはいるがそれでも余裕だ。そもそも今いる階層で余裕じゃなければ次の階層へ行こうなどと考えない。セーブポイントも復活もないのだから用心するに越したことはないのだ。

2階層に降りたときはモンスターが変わり強くなっていたが、3階層、4階層と降りたときは同じモンスターで見た目も変わらないのに、その力だけが強化されていた。

まさに俺たちがモンスターを殺したときに強化される感覚と似たようなものだった。この時俺たちはレベルという概念があることを強く確信した。

そして、次階層へ下る階段までたどり着いた。

武器をしっかりと点検してから階段を降りる。

「部屋?」

階段の下を見たハルが思わずそう呟く。階段の先は部屋になっていて、大きさでいうならば学校の教室一つ分ぐらいだろうか。高さは5メートルはありそうだ。

そしてその奥には天井まで届く大きさの金属でできているらしき扉。

「ボス部屋だよな」

「そうだね」

その扉はRPGの定番であるボスのいる部屋の入り口にそっくりだった。

「おにい、入る?」

ハルが首を傾げて聞いてくる。5階層までの道は長かったが、そこまで疲れてはいないのでこれから戦闘するとしても問題はないだろう。武器を新調する必要もない。つまり今は万全の状態だ。

だとしたら俺たちが今すべき選択は――。

「よし入るか。少しでも危険だと思ったら撤退《てったい》する。大丈夫そうだったらそのまま討伐《とうばつ》の方向で。基本的には俺が前衛でハルが後衛。それ以外は臨機応変《りんきおうへん》に安全第一で。じゃあ行くぞ」

「オーケー」

俺は手に鍬を持ち、鉈を抜きやすいところに移動させる。ハルも両手でしっかりとバールを構えた。

扉を開けようと手で触れる。相当な力を入れてようやく開くだろうかという重さの扉だが勝手に奥へと開いていく。

慎重に中に入ると、今までより明らかに大きなゴブリンがいた。大きさは2メートルほどで手にはなまくらだろうがそれなりの大きさの剣。

刃がなくても直撃しようものなら一撃で骨が砕《くだ》けるだろう。

「グギャ――――!!」

その巨体が身もすくむような不快な声で叫ぶ。同時に、頭に一つの言葉が浮かび上がる。

『ホブゴブリン』

弱そうに見えるその名前を持ったこの敵は、しかし強者の体で俺たちに剣先を向ける。ホブゴブリンが一歩進むのを開戦の合図にスキルを放つ。

「【スピード】」

自分とハルにスピードアップのスキルを使い、一気にホブゴブリンに迫っていく。

「【ボム】」

ハルの手から光の玉が飛びホブゴブリンの前で爆《は》ぜる。

俺は爆発の砂煙《すなけむり》に身を隠し、ホブゴブリンの背後に回り込む。

「【ボム】」

ハルがもう一度魔法を放ち、それと同時に俺は後ろから鍬を叩きこむ。

「っ!!」

追い払うように振られたホブゴブリンの裏拳《うらけん》を何とか躱し、距離が開いたところで、柄《え》の部分で顔を突く。

「ギャ――――!!」

そしてこちらを向いたゴブリンの目を狙って鉈を振り抜いた。普段あまり使わないサブウェポンの鉈の切れ味は落ちておらず、しっかりとホブゴブリンの両目から光を奪い取った。

こうなってしまえばこっちのものである。無茶苦茶に振り回される剣に注意しながらこっそり後ろから近づいたハルが全力でバールを振り下ろす。脳震盪《のうしんとう》でも起こしたのかボブゴブリンは一度ふらりと揺れた後、そのまま地面に膝をついた。

それにとどめを刺すように首に鍬をぶつけ、ハルはバールで殴りまくる。子供が見たら号《ごう》泣必至《きゅうひっし》。それどころか大人が見ても顔を真っ青にして逃げていくような光景だ。

しかし、さすがボスといったところか。強度が高く何度も攻撃しなければならない。ホブゴブリンが死に、霧に変わる頃には服にべっとり返り血がついていた。これまでも返り血がつくことはあったが、ここまで大量についたことはない。ハルとお互いの服を見て二人とも顔をしかめる。

普通に生活しているのならこの量の血を見ることはまずない。ドラマで見る血はフィクションの世界のことで、本物の血で比較的見る回数が多いものといえば鼻血だろうか。

自分の服に自分のものではない血がべったりとついている。その原因は自分にあると考えると、罪悪感とも違う生理的嫌悪のような……脳ではなく、体が事実を否定しているかのような気持ち悪さがこみ上げてくる。

先ほどは勢いに乗って殴っていたのだからおそらくアドレナリンが放出されて興奮状態だったのだろう。妹もそれは同じようで、さっきまで嬉々《きき》として攻撃していた顔は鳴りを潜《ひそ》め、若干青白くなっている。俺も同じような顔をしているだろう。いずれにせよ、これ以上の攻略は無理そうだ。

再びここに来たらまたホブゴブリンがいるとしても、探索を始めてまだそれほど時間が経っていないとしても、今日は帰った方がよさそうだ。

「帰ろ、おにい」

「そうだな。今日は帰るか」

気分が沈んだ俺たちはとぼとぼと、だが警戒は怠《おこた》らずにボス部屋を出て帰っていくのだった。

しかし、精神は相当参っていたのだろう。

俺たちは二枚の小さな金属板がホブゴブリンの死んだ場所に落ちていることに最後まで気づくことはなかった。

ホブゴブリンを殺した直後にあった動揺もモンスターを警戒しながら歩いているとだんだんと薄れてきて、俺たちの青白かった顔色もいつものように戻っている。ボスを倒した俺たちにとってこの辺りにいる敵が雑魚になったとはいえ、モンスターが多く出現したことで気にしていられなくなったのだろう。

口数は少ないながらも問題なく地下室に帰ってきてほっと一息吐く。すぐに返り血のついた服を脱ぎ、ハルから風呂に入る。普段は昼前に風呂に入るなど絶対しないのだが、今の状況なら仕方がないといえるだろう。というか俺もこの血を浴びた体で夜まで過ごすのは耐えられない。夜はシャワーにすれば問題ない……許容範囲だろう。

ハルが上がってくると俺もすぐに風呂に入り、いつも以上に石鹸《せっけん》で体をよく洗う。何となく血がついているような気がして気持ち悪いが、洗うのもそこらでやめて浴槽《よくそう》に浸《つ》かる。

「はぁ――――」

思わずおっさんのような声が出てしまうが、それを咎《とが》める人はどこにもいない。十分に疲れを癒《い》やさせてもらおう。まだ半日なのに何日分もの疲労を感じる。戦闘自体には何も問題はなかった。それだけならよかった方だ。敵の攻撃には一度も当たらず有効打を外すようなこともなかった。

モンスターを殺すのにも慣れてきた。これまでも何度も殺してきたし、人型のゴブリンも殺してきた。人間の本能なのかどうなのか。あのモンスターたちを殺すのに可哀相《かわいそう》などと思う人がいるだろうか。そんなことを思うほど、殺すこと自体に躊躇《ちゅうちょ》はなかった。

体も十分に温まったのでテーブルにハルを呼び、ダンジョン内で食べるはずだった弁当を食べる。その様子を見る限りハルも肉を食べることに抵抗はないみたいだし、やはり殺したことへの忌避《きひ》感はあまりないようだ。

となるとリフレッシュをすれば問題は解消か。リフレッシュといえば海か森が定番だが、この時期の海は寒すぎるし、森はすぐそこにある。普段から入っている森でリフレッシュができるとは思えないので、ここは――。ちょっとお金を使うことになってしまうが、ハルがずっと気分を落としているよりはましだ。しかし俺はハルと違ってそういう部分は鈍《にぶ》いのかすぐに治るんだよな。

というわけで。

「ハル、午後になんか用事はあるか？」

「…んー、ないけど」

やはり気分は少し沈んでいるようだ。だからこそ、

「気分転換もかねてゲームセンターに行こう」

◆

自転車を漕《こ》いでしばらく走った。冷たい風に吹かれ、すっかり冷え切った俺たちは逃げ込むようにゲームセンターに入る。

「あー、ストレス解消にいい。２００円だけど」

「だなー。やってることは普段と同じなのに爽快《そうかい》感が違う。一回２００円だけど」

俺たちは今ゾンビの群れを撃ち殺している。勿論《もちろん》現実ではなくゲームセンターにあるモニタに映ったやつだ。

「あ、ゲームオーバー。おにい、次クレーンやろ」

ゾンビの数が増えてきて対応できなくなり、ゲームが終わった。ちょうどいい気分転換にはなっただろう。ストレス解消の定番といえばバッティングセンターだが、残念なことに二人とも野球ができない。

今なら動体視力も上がっていて打てるかもしれないが残念なことにお金がない。となるとやはり手軽なゲームセンターが丁度いいのだ。

というわけでハルが言う通り、次はクレーンゲームをやることにする。勿論お菓子の箱が取れるやつ。人形なんて取ったって意味ないが、お菓子なら食料になる。つまりはどういうことか。

「おにい、ガチでいくよ」

と、なるわけだ。お菓子を最後に食べたのは引っ越す前。

当然欲しくなる。

これが貧乏性《びんぼうしょう》であり、遊びであっても景品が食べ物となれば本気になるのだ。

「了解」

俺が操作ボタンの前に立ち、ハルがアームの位置を確認して指示する側に回る。ハルは距離感覚に長《た》けている。二つの物の距離を誤差1ミリ以内で当てるぐらいには。そんな取り柄《とりえ》のない俺が操作をする。

「ストップ!!」

ハルの指示通り、タイムラグなしでボタンを押しアームを止める。人間、情報が入ってから動くまでは時間差があるけど、声を出す人の呼吸を見ていれば、タイミングがわかる。それを利用してのタイムラグ0。

この程度じゃ取り柄なんて言えない。

声を出すタイミングとか嘘《うそ》をついてるかどうかがわかったところで心が読めなければ大して使い道がない。

「ストップ!!」

二度目の合図でアームを止め、アームはしっかりと狙った所へ降りていく。

降りていくのだが……。

「アーム弱いな」

「ん、想像以上に弱かった。強度がわかったから次でとれるはず」

アームが弱く、摑《つか》んだ箱は微動だにしなかった。

まあ、ゲームセンターはそういうものだよな。簡単に取れていたら赤字だろうし。

そんなことを考えながら１００円を入れ、再度スタートのボタンを押す。

「ストップ」

先程より右で止まったっぽい。どうするのかはわからないから口出しはしないけど、おそらく摑むのをやめて引っ掛けるのだろう。

次もハルの指示に従うと箱はすんなりと落ちた。

「よし、食料一箱げっと」

「なぁ、ハル。どうせなら持ち運びできるやつにしない？　そしたら探索に持っていけるんだけど。あれとか」

探索での塩分は大事だ。当然のように汗はかくし、糖分も欲しくなる。というわけで、俺が指さしたのはビーフジャーキーの箱があるクレーンゲーム。

ハルもすぐに意図がわかったようで薄く微笑む。

「ストレス発散だしいいよね」

「気分転換でちょっと勢いづいただけだよな」

今日持ってきているお金は3000円。今のところ使ったのはゾンビゲーム2回400円にクレーンゲーム2回200円で計600円だ。まだ2400円もある。なので俺たちは先程と同じやり方で商品を次々と取っていく。

いくら良いタイミングでクレーンを降ろせるとしても、出口まで持っていくのが難しいのがクレーンゲーム。アームの強度に悩まされながら次々と景品を取っていった。最後の頃にはかなり慣れてきたのか成功率が高くなる。

結果としては飴《あめ》やビーフジャーキー、するめなどを中心にお菓子の箱や袋、計10個。

素人としては非常に良い成果だと思う。箱はかさばるので中身を空《から》のリュックにぶちまけて箱は解体しコンパクトにして持って帰ることにした。とりあえず予定してた時間になり今は5時だけど、今日は帰って体を休めた方が良いだろう。

「じゃあ、そろそろ帰るか。気分転換にはなったか？」

「うん、大丈夫。ありがと」

家を出たときの暗い表情は鳴りを潜め、今のハルには明るい表情が戻っていた。気分が落ち込んだ時はその程度のことで気分転換できるわけがない？　俺たちみたいな子供はそこまで深く考えなくていいんだよ。そしたら気分転換なんてさっさと済ませられる。

どうせ高校中退の落ちこぼれ兄妹なのだから。

もう落ちることはないのだから。そうやって深く考えるのは俺だけでいいのだ。

そして、できることならば成り上がりたい。娯楽を楽しめるように。また行こうといってゲームセンターに行けるように。だから、近い未来、世界のダンジョンが解放される日めがけて。

俺たちは木崎家の地下室ダンジョンで娯楽を目指すのだ。


ゲームセンターから帰ってきた俺たちはいつも通り、夜ご飯を食べ風呂を沸かす。はずだったのだが、今日のランニングにハルもついて来るという。

確かにダンジョン内でもハルの体力に関しては少し気になる部分があった。武器を使う中での力の変化。仮にこれをステータスで数値化すると、ハルは既に俺を超えるほどに成長しているものの、それを維持《いじ》することができていないように思えた。

俺の場合だと、小さい頃からやっていた合気道や最近のランニングで体幹《たいかん》が鍛《きた》えられているので体力の消費を少なくできるのだ。

しかしハルにはそれがあまりできてないということを以前話したことがある。

それを思い出して、俺のランニングについてくるという心境の変化に繋《つな》がったのではないだろうか。

そんなこんなで、ボスを撃破してからの2日間を休憩日としてだらだらと過ごしたり、俺は日雇《ひやと》いのバイトを入れたりと気ままに過ごした。

そして今日。ボスを倒してから初のダンジョン探索となる。朝ご飯はちょっと贅沢に目玉焼き。昼は塩おにぎりだ。

ハルも起きてきて一緒に朝ご飯を食べる。

寝ぼけてはいたものの、朝ご飯に卵を使っていることを知ると喜んでいた。卵って案外高いのだ。

ダンジョンに潜るのはいつも通り朝食を食べてから1時間半後。慌てて準備して忘れ物をするのもまずいし、時間を空《あ》けすぎてもだらけると判断しての時間だ。いつも通り洗濯などの家事を済ませて武器の調子を確認する。そうこうしていると90分はあっという間に過ぎていく。

そういえば今日からダンジョン探索の前に準備運動をすることになった。

なぜ今までしていなかったのかというと、単に忘れていただけだから仕方がない。

その具体的な内容は、地下室の物を全部1階に上げて準備運動をした後、汗をかかない程度の素手での軽い組手。

お互いの体の調子をそれで確認した後にダンジョンに潜るのだ。もしどちらかが体の不調を訴えていなくとも、探索が危険と判断した場合にはその日はダンジョンに入らないというルールを設けた。

というわけで、今は地下室で準備運動をしてハルと向かい合っている。飛んでくるハルの拳を軽く流す。その手を掴もうとすれば弾かれ、蹴りを入れようとすれば躱されて。そんな軽い組手を数分程、攻防を入れ替えながら行った後、装備を着込む。

そして準備を整えた俺たちはダンジョンへと潜るのだ。

「よし、準備完了。ハル、大丈夫か、忘れ物はないな」

「勿論、私も終わった。今日は1、2、3階層は駆け抜けて4階層でリハビリ程度に戦闘をしてからボスの確認もかねて5階層に入るんだよね」

「あぁ、2日空けていきなり新しい階層に入るのも不安だしな。またボスが出てるかもしれないし」

「じゃあ、行こっか」

ハルの合図でダンジョンに入る。今日は俺が後衛だった。二人とも前衛ができる後衛なのだから、どちらが前に出ても変わらないはずだ。俺の方が急所を狙う隠密《おんみつ》型なのに対し、ハルは威力《いりょく》を追求する特攻型という違いがあるだけ。

軽く駆け足で進みながら敵を排除《はいじょ》していく。基本はハルのバールで一発。敵が2匹以上いた場合には俺が後ろから鍬で殺す。結局、4階層内で俺たちがまともな攻撃を受けることはなく、それどころかモンスターが攻撃の体勢をとる時には既に殺しているというなんとも訓練にならない状況が続いていた。

この前ボスを倒したときには気づかなかったがレベルも上がっているのだろう。体が軽く、オーバーキルをしてしまいそうになる。下手にオーバーキルをしようものなら返り血で血まみれになるだろう。だから急所を刺してそのまま転がすという戦法を取っているわけだ。

午前中いっぱいリハビリに使うつもりだったのだが、手ごたえがまるでない。このままではリハビリの意味がなさそうだ。正直適当に棒を振り回していれば勝てる気がする。

「おにい、もう5階層行かない？　ここで戦ってても意味ない気がする」

「そうするか。俺もだんだん飽《あ》きてきたし、このまま戦ってると調子に乗りそうなんだよな」

「じゃあ、とりあえず門を見てみよ」

ハルはくるりと方向転換すると目の前にいたゴブリンをバールで弾き飛ばし、5階層へと降りる階段の方へ向かっていく。さすがに完全には覚えていないが、自分たちで地図を作っているから大体の経路は頭に入っている。

当然、その場で描《か》くわけにいかず、帰ってから大体こんな感じと描いていくわけだからずれる部分もあるが、そこはハルのことだからかなり正確な地図ができているだろうと思う。

GPSが使えないどころか、方位磁石《ほういじしやく》も使えないので、ダンジョン内の地図をちゃんと正確に作ろうとしたらかなり大規模な作業になるのではないだろうか。

たぶん、向きを調べる人と距離を調べる人がいる。幸い坂はないようなので角度を調べる必要はないが、モンスターを撃退する人もいなければいけない。おまけにダンジョンは結構広い。

俺たちもレベルアップで体力が増してなかったら辛いだろうと思う。

モンスターを瞬殺《しゅんさつ》しながら階段に向かい、ダンジョンを駆け抜けると、早々に5階層のボス部屋の前に着く。

周囲を見渡すと部屋の隅に不思議な幾何学《きかがく》模様がある。というよりあれは……。

「魔法陣？」

「まあ、ダンジョンでこの模様といえばそういうことだよな」

今までも魔法陣は何度も見ている。とはいっても、ハルの【ボム】と俺の【スピード】を使うときに現れる2種類だけ。それを見たときにも思ったのだが、

「やっぱこの魔法陣も同じ形だね」

「魔法陣自体に深い意味はないんだろうな。なんのためのものなんだか」

「魔力を魔法というか、現象に変えるための媒体《ばいたい》とか？」

「あー、そういう可能性もあんのか。もし魔法陣に意味があるならってことにはなるがな。人には成せない超常現象なんだから神様がかっこつけて意味なくやった可能性もあるわけで、簡単には推測《すいそく》はできないってことなんだろうな」

「うん、前例がないから検証のしようがない。でも、そろそろ現実逃避をやめてあの魔法陣に乗ってみようよ」

「やっぱやんなきゃ駄目か？　気分はよくないがスルーしてボスともう一度戦うって手もある

「はーい、行くよーおにぃ」

「んだが」

ハルからせっせと背中を押され魔法陣の上に立つ。って結局、魔法陣の上に乗るのは俺が先なんだな。

すると、予想通り魔法陣が光るので軽くハルを押して魔法陣から離れさせる。次の瞬間には視界が変わり……変わり？

魔法陣が光った後、若干の浮遊感と共に視界が変わったような気がしたのだが、周囲には先ほどと同じ部屋の光景が広がっている。何が変わったかといえばボス部屋に入る門がないことだろうか。他には、

「あぁ、ここでは下りの階段になっているのか」

先程の部屋の前には上りの階段があったのだが、この部屋では下りの階段になっている。だとすればここはやはりボス部屋の奥なのだろう。前回はしっかり確認していなかったのでわからないが、おそらくボスを倒すとここに来る魔法陣が使えるようになるのだと思う。

「おっと、おにいはどうしたの。ん？ さっきの部屋、じゃないか」

後ろから押すような衝撃を加えられ慌てて後ろを見るとハルが立っていた。そしてその足元には魔法陣。

なるほど。俺はさっきまで魔法陣の上に立っていたから次にその魔法陣に転移してきた人に

押し出されたのか。改めて考えてみるとかなり危なかった。もし後から転移した人と重なってしまう仕組みだったら笑い事じゃ済まされない。よっぽど運が良くない限り二人そろって即死だろう。

「他には特になさそうだね。じゃあ探索行こっか」

「了解。ここからは俺が前で行くぞ。奇襲に対応しやすいからな」

「毎度のことだしわかってる」

ダンジョンの中は今まで通り洞窟になっている。変わったことといえば若干暗くなったような気がすることと、道が広くなったことだろうか。道が広くなったのは偶然か、それともここからは戦闘が激しくなるからなのか。できれば前者が良いのだが。

「おにい、そこの角の奥から3匹来てるよ。こっちに気がついてるみたい」

「やっぱ、この階層になると敵の索敵能力も変わるのか。この反応だと、モンスターは獣《けもの》型だから、気をつけろよ」

ハルに言われて集中すると自分の索敵範囲に何者かが入る。四足歩行の軽やかな気配に、肉食獣の類のモンスターだと見当をつけ、鍬を構える。

すぐに角から狼《おおかみ》のモンスターが飛び出してきたので、1匹を殴り飛ばす。

よし、狼たちは警戒どころか受け身も取っていない。当たった感じだと、体が丈夫なようにも思えない。

「ハル、案外弱いから俺が突っ込むっ!!　下がれ!!　【スピード】」

　すると弱いと思っていた狼たちの爪が突然光り出し、3体が一気に襲《おそ》いかかってくる。とっさに鍬で爪を受け止めるが、予想以上の衝撃に思わず鍬から手を放してしまい、バックステップで下がる。

「魔法陣が出てなかったから魔法じゃないよな」

「スキルってこと?」

　ハルの横まで下がり鉈を抜く。鍬は蹴飛ばされて狼たちの後ろに行ってしまっている。これが偶然なんて可能性は低いだろう。おそらくこいつらはかなり知能が高い。しかし、だからこそ面白《おもしろ》い。

　つまらない日常に興奮を与えてくれる適度な恐怖。

　絶望ではなく高揚感。

　だからこそ自分を試したくなる。ハルのために自分が大怪我を負うわけにはいかない。それがプレッシャー?　ちょうどいい縛《しば》りプレイだ。

「ハル悪いんだが鉈貸してくれ。あと、魔法で援護頼む」

「ん、わかった。怪我しないでね」

　ハルと短いやり取りをし交わして両手に鉈を持つ。

　さあ、やるか。

「【スピード】」

一言はっきりと唱《とな》え、狼たちの前に立ち塞がる。爪の光は消えているがさっきの様子を見る限り魔法より発動が早いように思えた。それはおそらく詠唱《えいしょう》が必要ないから。

だから油断はしない。常《つね》にスキルを使用してると思って行動した方がいい。まずは先手必勝。

体勢を落とし、前に飛び出すと先頭にいる狼を思いきり蹴飛ばす。唐突《とうとつ》な武器以外の攻撃に警戒したのか再び狼の足の爪が光る。しかしそれを気にせずに振るった鉈が狼に当たると、いとも簡単に切り裂かれ死んでいった。

「よし、防御力《ぼうぎょりょく》は上がってない」

次の狼の攻撃を避けると、背後から飛んできた【ボム】が狼を吹き飛ばす。

「あと1匹だよ」

後ろにいるハルの声を聞き、戦闘に復帰した狼に向けて突っ込む。爪が光ったのを見て攻撃を受け止めるなんて愚策《ぐさく》は取らず、合気道の経験を活《い》かし、俺を切り裂こうと向かってくる爪を鉈で横から叩く。

狼の重い攻撃はそのまま受け流され、その瞬間、狼に隙が生まれる。再び振り下ろした鉈は狼の首をしっかりと落とした。

狼は黒い霧となって消えていき、そしてそこには一つの白い塊が残ったのだった。

「ん？　なんだこれ」

俺は狼が死んだ後に残った、白い薄く尖った石のような塊を拾った。

「爪じゃない？　劣化してないからさっきまで戦闘に使ってた部位《ぶい》じゃないだろうけど」

ハルが顔をのぞかせて確認する。よく見てみれば確かに爪っぽい。ハルが言った通り地面や俺の武器に当たったことでの摩耗《まもう》は見られないし、そもそも土が全くついていないどころかついたことがないような真っ白さだ。

「ドロップ品はその個体と関係ないってことか？　ん？　でも狼だから爪なんだろ？」

「多分だけど正確にはモンスターを倒したときにそれに応じたものが報酬《ほうしゅう》として残るみたいなイメージかな。狼を倒したから狼の爪だけど、狼が使用していた爪ではないってこと、かな？」

俺が混乱しているとハルが簡潔《かんけつ》にまとめて説明してくれた。

「つまり倒すときは木《こ》っ端微塵《ぱみじん》にしてもいいってことか」

「それは検証してから。そんなことしたらドロップしたものまで衝撃の余波《よは》で壊れるかもしれないし」

「んーまあ、そうだな。よし、じゃあハル、検証するか」

「いいよ。今のところ爪は3体倒したうちの2体からドロップしているから確率的には約66パーセント。もう少し検証しないと。狼以外も調べなきゃ」

じゃあ、と落ちている鍬を拾いハルに鉈を返す。やはり鍬の方が長時間使っているだけあって手になじむ。持ち手の太さは正直自分に合っていないが、先っぽに重心が偏《かたよ》っているこの感覚が丁度いい。

　その後も狼と出くわした。スキルについてはもはや存在を知っていたので不意を打たれることもなく対応することができた。ハルは、スキルを使われた爪に向かってバールで殴って倒している。火力のごり押しはヤバイとよくわかったから。俺の鍬は柄の部分が金属とはいえ、中を空洞《くうどう》にして軽くしてあるようなのでそんな風に使ったらへし折れる。

　どうやら狼は基本的に3匹ずつで行動しているらしい。というのも俺たちがそのあと遭遇《そうぐう》した回数は狼が3回の計4回。偶然にしてはできすぎている。たまたまこの状態になるとは思えないので、これが狼のモンスターの特性なのだろう。そして落としたものは、爪が9個に石が5個。

　当然、1匹の狼が重複して落とすこともあった。石の見た目は完全に黒曜石《こくようせき》。ごつごつしていて、光沢のある黒さ。しかし、紫《むらさき》の線がところどころにぼんやりと入っていた。黒曜石ならば真っ黒か、白い部分が含まれているものかのどっちかしかないからこれが黒曜石ではないことはすぐわかる。ちなみに強度は通常の石と同等程度で、ハルが本気でバールを振り下ろしたらあっさり砕けた。

　爪の強度はとても弱かった。確かに爪自体は硬《かた》いのだが、ステータスの上がった俺たちなら、やろうと思えば素手でも折れるぐらい。この程度のものだと、アクセサリーへの加工も難しそうだ。

「まあ、そんなもんだよな」

「初ドロップが常識を超えた強度、とかだったら笑えないからね」

俺の言葉にハルが同意を示す。あれだ。期待しすぎないで良かった、というやつだ。

「さて、おにいに朗報。遠くからこちらに近づくモンスターがいるっぽい。一匹しかいないから狼じゃないと思う」

「おお、やっと来たか。だんだんこの階層には狼しかいないのかと思い始めてた。で、どんな感じ?」

「偶然こっちに来ましたって感じで歩いてるから索敵能力を使っているとは思えない。あと結構のろまだけど、狼より強いみたい」

「こうやってみると案外わかることって多いよな」

ふーん、と思いながら壁際に寄って索敵に集中する。

「あー、あいつか。確かに狼よりはかなり強いな。四足歩行で蹄《ひづめ》は硬そうだな。そこそこでかいし」

「じゃあ、私がいきなり【ボム】ぶつけて、おにいが不意打ち? あ、来た」

「気づかれたな。じゃあ、初撃は頼んだ」

突如、さっきまでの気配は嘘《うそ》のような速度でこちらへ向かってくる。そりゃあ、敵を見つけたんだから、全力疾走《しっそう》せずにはいられないよな。モンスターだって散歩しているときはのろまで当然だ。

一人で納得していると後ろの気配が強くなった。集中したときのハルの気配なんだけど。

じゃあ、行きますか。

「【ボム】」

突っ込んできたモンスターの鼻っ面《つら》に【ボム】がぶつかると同時に、俺は壁を蹴り、敵の上に移動する。そして鍬を勢いよく首めがけて振り下ろした……はずなのだが。

首の場所がわからないほどにまるまるとした体形。

「首ってどこだよ」

首の正確な位置がわからないのでとりあえず顔に攻撃しておいた。

茶色の毛に牙が生《は》えており、一直線の異様な速さをみせて突っ込んでくるそいつは【ボム】が当たったことでブヒィと悲鳴を上げながら、なおもスピードを落とさずハルに向かって突っ込んでいった。

「にくぅ!!」

ハルの意味わからんかけ声とともにバールでしこたま殴られたそいつは軽い脳震盪でも起こしたのか、ハルの横を通り過ぎた後、そのまま全力で壁に激突した。

「うわぁ、痛そ。絶対俺たちの攻撃より今の方がダメージ受けてるだろ、この猪《いのしし》」

「ん、突っ込んできたからカウンター、的な？　思ったより勢い強くて手が痛いけど」

そう、俺たちのところに突っ込んできたのは猪だった。それもイラストとかで描くデフォルメされた首のない丸い猪。イメージとしてはそれを体長1メートル50センチぐらいにして凶悪にした感じ。

ちなみにその猪は壁に当たったのがとどめになったのか俺たちの足元で伸びている。消えていないということは死んではいないのだが、しばらくは起き上がれないだろう。いやしかし、今回の俺の出番はほぼゼロだった。

「ということで、とどめぐらいは俺が刺します」

「何が、ということでなのかわからないけどいいよ。とどめを刺しても得なんてないし」

「そうなの？　じゃあ経験値《ち》の配分はどうなるの。たまに起きるステータスの変化が経験値を貯めたことによるレベルアップとするならだけど。ってハルに聞いてもわからんか」

「与えたダメージの割合。じゃなくて、戦闘の貢献《こうけん》度の割合かな。私たちが今まで狩ってきた敵を考えると」

「そ、そうなのか」

「ん」

やばい、ハルが優秀すぎて俺の勝ちがなくなりそう。というかレベルってそういうふうに決まってたんだな。確かにハルが魔法で援護する時は俺もハルもレベル上がるのに、俺が援護の時、ハルのレベルだけが上がるのはそういうことか。

援護だけじゃ戦闘に貢献している割合は低いと。つまりはここで猪にとどめを刺しても大した経験値は貰《もら》えないと。まあ、とどめは刺すけど。

鉈を振りかぶると、首だと思《おぼ》しきところにしっかり突き刺さり、かなりの抵抗はあったものの数秒ほどで霧となって消えた。

そしてそこに残ったのは一塊《いっかい》の肉。

「肉か。肉!?」

「肉だぁー」

俺が驚いている中、ハルは両手を挙げて喜ぶと凄《すさ》まじい速さで肉をかっさらい持ってきていたビニール袋に入れてリュックに仕舞《しま》う。肉の大きさは大したことない。

せいぜいステーキ一枚といったところだろう。しかし考えてみてくれ。肉なんてろくに食べることのできなかった貧乏兄妹のところにステーキ一枚分の肉。贅沢の極《きわ》みではないだろうか。

「おにい」

「よし、ハル」

「「狩りつくそう」」

ここに俺たちの世にも恐ろしいステーキ狩りが始まったのだった。

「よーしこんだけあれば十分だろ。しばらくは夕飯のメニューに困らないな」

「さすがに疲れた。調子に乗って狩りすぎた」

今、5階層のボス部屋の奥の部屋にいる。モンスターが入ってこないこの部屋で俺たちは疲《ひ》弊《へい》して転がっている。

「じゃあ、ハル。成果の確認しようか。今日取れたもの出してくれるか」

「了解。うわ、わかってたけど結構ある」

「えーっと倒した数は、狼が132匹。猪が9匹、経験値ウサギが1匹か」

メモ帳に倒した数を書き込む。経験値ウサギとは前に3階層で出現したのと同じレアモンスターで、倒した時、一気にレベルが上がった。ちなみに今回も、レベルが上がって体力が増したようで、今まで持っていた物や身につけていた装備が軽くなるような感覚があった。

通常、経験値の割合は戦闘の貢献度に比例するようだが、このウサギだけは例外らしい。今回は猪と間違えてハルが一撃で吹き飛ばしてしまったのだが俺もレベルが上がった。『付与』どころか追い詰めるなどといった補助もしていないのだから、俺の戦闘の貢献度は0だろう。ウサギの場合は倒されると周囲にいる人に均等《きんとう》に経験値を分け与えるといったところだろうか。

「おにい、何考えてんの。早く整理手伝って」

おっと、こんなこと考えてる場合じゃなかった。

ハルがモンスターがドロップしたものを仕分けしているので、俺もそれを手伝う。とはいっても種類は大してないのですぐに終わった。

「ではこれまでのダンジョンでの成果を発表します」

ハルがそう前置きし一旦《いったん》溜めるように口を閉じる。いや、まあ俺も一緒に仕分けして成果は知っているのだからハルの自己満足というかそういうノリなのだろう。

「まずは狼の爪が１０３個。狼の毛皮が12枚。石が47個。そしてよくわからない金属のカードが1枚。そして――」

「猪の肉が6枚、角《つの》が2本か。十分な収穫だな」

「あ、おにい。それ私が言おうと思ってたのにー」

ハルがあまりにももったいぶるので横からかっさらって言うと、ハルは頬を膨《ふく》らませて文句を言う。膨らんだ頬をつつくとプス～という音と共に空気が抜けた。面白い。

「あ、消えちゃった」

「何が」

突然ハルが慌てたような声を出したのでハルの手元を見てみると特に何もない。いや、そりゃそうか。消えたって言ってるんだからそこにあったものがなくなったんだろう。

「んー、何に使うのかなーって思って金属のプレートいじってたら光りながら粉々《こなごな》になって消えちゃった」

「あー、まあ大丈夫だろ。体に問題がなさそうなら。どうせ、こんなところでいきなり触るだけて入れる。

「そっか。まあ使い道もなかったしいいや」

ハルも案外潔《いさぎよ》く諦《あきら》め、広げたドロップ品を種類ごとにまとめると俺とハルのリュックに分けて死ぬ毒物なんて出てこないだろうし」

当然のように俺のリュックの方がいっぱい入っている。

「じゃあ、帰るか。どうやって帰るのか知らないけど」

「来るときに乗った魔法陣じゃないの？」

ハルに従って魔法陣に乗ってみるが、反応しない。

「どうすりゃいいんだ。定番だと魔力を流すとか？　やり方知らないけど」

「誰も知らないならここに来た時点で全員詰み」

これは閉じ込められたか。魔法陣に魔力を流すやり方を色々話し合ってみたり魔法陣を蹴ったりしていると答えは案外あっさりと見つかった。

「おにい、ここの壁に魔法陣が描いてあるよ」

その壁の魔法陣は部屋の隅にあった。階段から見て部屋の右側の下にここに来るための魔法陣、左側に壁の魔法陣がある。

「じゃあ、おにい。触ってみて」

そして壁の魔法陣に近づいた俺の手を取ってハルが無理矢理、魔法陣を触らせようとするので、それを止《や》めさせてから魔法陣に触れる。自分で触れるのならまだしも人に強制的に触れさせられるのは怖い。触れると、頭の中に文字が浮かんだ。

帰還《きかん》
1階層：転移の間《ま》
5階層：入り口

「ん、これで帰れるっぽい。おにい、1階層の方をイメージして」

ハルに言われた通りに魔法陣に触れたまま1階層を思い浮かべると数秒のタイムラグの後、魔法陣が光り、浮遊感と共に視界が変わる。洞窟の中の一つの小部屋のようだ。横にはしっかりとハルがいる。体の接触があると一緒に飛ばされるらしい。

そして目の前にはスライム。

「……ってなんでだよ」

既に簡単に殺すことができるどころか、攻撃を食らっても大して痛くなくなったモンスターなので慌てることもなく核に鍬を刺して殺す。勿論ドロップはなし。5階層より前ではドロップはしないはずだし、スライムがいるから、ここは間違いなく1階層のようだ。

「転移した先が安全地帯じゃないってこれ作った人はいい性格してるね」

「まぁここに転移できるってことはこの辺のモンスターじゃどうにもならないってことだろうから問題ないんだろ。とはいえ、ここはどこだ」

「さあ？」

念のため、しっかりと武器を構えながらその小部屋を出るとそこはダンジョンの入り口のすぐ近くだった。

「こんな部屋なかったよね、おにい」

ハルが白けたような眼《め》をしている。

確かに思うところはあるだろう。

どこに帰ってくるのかとワクワクしていたら、今までなかった部屋に転移されたのだ。これがダンジョンでなかったらただのホラーなのだが、ここはダンジョン、人智の及ばざる場所なのだ。

「ダンジョンって案外、無茶苦茶だよな。何この適当感」

「おにい、しょうがないんだよ。これは自然現象だから。誰かが作ってるわけじゃないんだから。たぶん」

「だよなぁ」

俺たちはそろってため息を吐きながら南京錠を開け、自分の家に戻るのだった。

だってさ、〝帰還〟とか〝転移の間〟とか書いてあったら期待するじゃん。

それがただ、魔法陣が描いてあるだけの小部屋って。

事実は小説より奇なりなんて言葉はあるけれど。現実は物語より、人の期待を裏切るのだ。

地下室に戻った時には19時を過ぎていた。

休憩を挟みながらだったとはいえ、さすがに熱中しすぎた。ダンジョンの中では特に精神が疲労するのはよく理解しているので、明日の探索は午後からにしようと思っている。

とりあえずは探索用の装備を外し、所定の場所に仕舞って夕食を作りますか。

ダンジョン内でとれる肉がどんな味なのかはわからないが、生《なま》の状態を見た感じだと硬すぎず、かといって柔らかくもない。霜降《しもふ》り肉でもなく、普通の肉だ。まあ、味はわからないけど素材の味を生かそうということで、今日は贅沢にステーキを二枚焼く。勿論一人一枚。ご飯は少量で適当に野菜も炒めて食卓に出す。

「「いただきます」」

ハルと一緒に手を合わせ、そしてステーキを食べ始める。残念ながらナイフは家になかったので先にカット済みだ。

俺たちは一口ステーキを食べ、そして顔を見合わせた。

「ん～!!」

ハルもご機嫌そうな声を出している。

この肉、めちゃくちゃ美味しい。

脂《あぶら》が、とか、柔らかさが、とかそういった美味しさではなくて根本的に何かが違う。体に染《し》み渡るような感覚。俺たちはいつものように会話を交わすこともなく、最後まで食べ切った。

「ご馳走様」

最後も二人そろって手を合わせ、夕食を終了する。

しばらく休憩したあと武器の手入れをして。それからハルと一緒にランニングに行く。こうしてダンジョン内で精神を鍛え、ダンジョン外で体を鍛えるのだ。そしていつもの生活にちょっぴりスパイスが加えられた一日を存分《ぞんぶん》に楽しむのだった。

◆

俺たちがステーキを食べた日から数日が経った。

といっても料理の手法を変えながら毎日しっかりと肉を食べているわけだが。

今日もいつものように俺らは朝ご飯を食べながらその日の計画を決める。

そろそろ肉も溜まり、腐らないように冷凍して保存するものも出てきているので、以前ハルに言われ気になっていたことについて実験を開始をすることにした。

魔法陣は魔法の媒体になっているのではないか、というやつだ。

というわけで俺たちは前回ダンジョンに潜った時に魔法陣を描き写してきている。

DEFG

写真を撮ることができれば一発なのだが、中では電子機器を使えないので仕方がない。10センチ程だろう掌《てのひら》サイズの魔法陣に紙を重ねて線をそのまま描き写す。そのために薄い紙と濃い鉛筆を持って行っていた。

誰しもがやったことがある、かどうかは知らないが聞いたことはあるだろう。細かい凹凸《おうとつ》のある面に薄い紙を当てて濃い鉛筆でこすると線が浮き出るあれだ。

そうすることで俺たちは魔法陣の形どころか線の太さまでしっかりと再現することができたのだ。

そして現在。

俺たちはその紙を元に、鉄の板に同型の魔法陣を彫《ほ》っているのだ。いや、俺はそういうのが苦手だから作業するのはハルなのだが。そして俺は猪の角をひたすら叩いている。別に暇《ひま》を潰しているわけではない。

先日、猪の角の強度実験と称してハルがバールを使い、全力で殴ったところこの角には金属と同様に展性《てんせい》、延性《えんせい》があることがわかった。なので俺は急遽《きゅうきょ》、庭に簡易《かんい》的なかまどを築き、鉄板と石で金床《かなとこ》を作って、何故か家にあった大きめの工業用金槌《かなづち》で鍛冶《かじ》っぽいことをしているのだ。

ただ、念のために言うと、火を使うのにコンロを利用せず、わざわざ庭にかまどを作ったのは、高熱が欲しかったからではなく、ガス代がもったいなかったから。野外で火をくべるのであれば、燃料は家に置いてあったごみの残骸《ざんがい》がたくさんあるから何も問題ない。なくなっても林に入れば枯れ枝なんていくらでも取れる。というわけで、俺は寒い庭にいるのに、火による熱で汗をだらだらと流しながら金槌で角を叩いているのだった。

それにしてもこの角の性質は面白かった。熱していないとダンジョンに入って筋力が増した状態で全力で叩かないと曲がらないのに、焚火《たきび》で限界まで熱すると、軽く叩くだけで曲がるようになるのだ。

とはいえドロドロにはならないので融点《ゆうてん》はもっと高いのだろう。焚火の温度が千度ほどらしいのでそれぐらいまで上げれば加工ができるのだ。鉄に比べると断然加工しやすい。ただ、バールで殴ってへこんだことから鉄よりは強度が弱いことがわかった。せっかくなのでたくさんあった角をつなげて大きくして西洋剣のようなものも作ってみた。

ちなみに叩くだけじゃ刃はできないので模造品《もぞうひん》だ。

そもそも刀《かたな》は作ったら犯罪になるかもしれないから作らない。

実際この家には何種類か砥石があったはずなので刃を作ることはできるが、ハルを置いて刑務所には行きたくないのでやらない。

剣を作るのがどれくらいの罪になるのかは知らないけど。多分アウト。刃渡り50センチ以上あるから。

「おにいー、できたよ。頼んでたのできた？」

ハルが庭に出てきたので頼まれていたものを2枚渡す。と言っても猪の角を適度な大きさで切り落とし熱してカードの形に整えただけのものなのだが。

ハルの頼みは、湾曲《わんきょく》してるものに魔法陣を彫るのは難しいから平たくしてくれということだった。湾曲したものに彫ることはできないではなくて難しいからと言ってしまうところがハルクオリティー。

というわけでハルにカードを渡し、かまどの火を調節して、上に網《あみ》を置いてから家に入る。

そろそろ昼ご飯の準備をしようというわけだ。まずは猪の肉をブロック状に切って串に刺す。それをひたすら繰り返す。といったって作る本数は10本だけだが。それに塩をまぶして庭に持っていくとかまどの網の上に並べた。勿論たまに転がして全体的にきれいに焼いていく。

「おにいー終わったー。おー串焼きだ」

再び庭に出てきたハルは、串焼きを見てかまどに寄って来ると火に手をかざして体を温め始める。そろそろ肉も丁度いい焼き加減だろう。ハルに1本渡す。

「「いただきます」」

二人揃《そろ》って串焼きを食べ始める。よくわからないが体に染み渡るこの感覚。ダンジョンの猪の肉は正直もう慣れてきてしまったが、いつも通り美味しかった。

昼ご飯を食べて少し休憩した後、俺たちは装備を整えてダンジョンに入る準備をしている。

今日は実験をかねての探索なので新しい階層には行かない。現在7階層攻略中なので既に地図が出来上がっている6階層に行こうと決めた。

そして、俺たちの装備にはいつもと少し違う点がある。それは二人とも鉄製と猪の角製のカードを持っていること。

そのカードには魔法陣が彫ってある。俺の目にはダンジョンの中で見た魔法陣との違いが判らないほど精巧《せいこう》にできていた。ハルには芸術の道に進めよと言いたくなるが、残念ながらハルは、工作が得意でも創作は苦手なのだ。

何かを真似《まね》たり、ありふれたものを作るのはできるのだが、オリジナルなものを作ろうとするとその技能が制御不能になる。綺麗な曲線や角がある何かわからないものが完成するのだ。

俺はそれを見て技術と芸術センスは異なるものであると理解した。俺にはどちらもないのだが。

それはさておき、俺たちはダンジョンの入り口すぐ近くの小部屋にある魔法陣の上に立つ。

すると頭の中に文字が浮かぶ。何度も経験しているので今更驚くことはない。

転移
5階層：入り口
5階層：出口

この通り1階層の転移の間からの限定的な転移が可能になったのだ。

限定的な、というのはこの転移が一日の間に、行きに1回帰りに1回しか使えないからだ。つまりその日のうちの再挑戦は不可能となるわけだ。再挑戦するにしても旨みが全くない浅い層をうろつくしかなくなる。

ただしこの転移回数には同じ階層での転移は含まれないらしい。5階層の入り口と出口を行ったり来たりするのはいくらでもできるのだ。ちなみに転移回数のリセット時間は0時0分だと思われる。

俺たちが探索している時間内に更新がなかったし、それに世界中の、そして我が家のダンジョンも出現したのが夜中の0時だったからだ。当然、世界には時差というものがあるわけで、ダンジョンはそれに沿って順番に出現したということになる。

ということでダンジョンには0時で区切りをつけるものが多いと考えている。まぁ、それはさておき、俺たちはこの6階層で、ある実験を開始する。

「じゃあ、おにい。まずは私が。【ボム】」

ハルの魔法が前方にいた3匹の狼を吹き飛ばす。ただしダメージはそれほどでもない。少し休めば攻撃を再開できる程度だ。あれから少しレベルが上がり、【ボム】も効果範囲が増しているように思える。

しかし、威力の増加はあまり感じられない。敵が吹き飛ぶ距離から考えると威力も多少は増しているが3匹同時に倒すには、あと一歩届かないといったところだろうか。

「とどめは貰うぞ。【スピード】」

　俺も必要はないが実験のため、魔法を使ってから狼にとどめを刺す。この【スピード】は基礎ステータスが上がるごとに効果も上がっている気がするので、元の速さの何割か、という計算で速さを増加させる魔法なのだろう。

「じゃあ、次はこっちだな」

　次の狼を探しながら鉄製のカードと角製のカード2枚を取り出す。勿論魔法陣が描いてある。向こうから狼がやってきたのですぐにハルは鉄製のカードを前に向けて唱える。

「【ボム】」

　普通にカードを持つ手の先から光の玉が出て、狼のうち1匹を吹き飛ばした。先程と比べて威力の変化はなし。

「使った魔力の量に変化はありそうか？」

「多分ない。このカードは効果なし」

　それではということでハルはカードを角製のものに持ち替えると再び魔法を唱えた。

「【ボム】……ん？」

　魔法を使うと同時にカードの魔法陣が薄く光り、光の玉が狼の方へ飛んでいく。そしてその光の玉はいつも通り、狼にぶつかり爆発を起こし、
　狼たちを、消し飛ばした。

「「まじか」」

二人そろって驚愕《きょうがく》の声を上げるほどの威力に変化していた。攻撃対象が一瞬で死亡したため、威力は不明だが2倍ほどは上がっていると思われる。

「その割に魔力の消費量は変わってない気がするんだよね」

とハルが言うように魔力の消費は増えずに威力がこれほどまでに膨れ上がるのだ。恐ろしいことこの上ない。

「次はおにい。狼来たよ」

「ここってほんとに入れ食い状態だよな」

爆発の音で、狼が寄ってくるのが索敵で確認できた。数は3匹。狼が襲ってくるのに合わせて鉈を投げてこちらへとヘイトを集中させる。案の定、警戒した狼たちは、3匹同時にこちらに飛び込んできた。

「【スピード】」

手に持った魔法陣が薄く光ると、視界にある全ての動きがいつも以上にゆっくりになり3方向から来る狼が簡単に把握できるようになった。3匹とも軽くいなしてやる。

すると当然のように、狼の爪は互いを傷つけ合うことになった。

防御力皆無《かいむ》で攻撃特化の狼同士がぶつかり合ったことで瀕死《ひんし》とはいかないまでも、重傷を負わせることができた。動けなくなった狼たちの喉《のど》を鍬で突き刺し、殺していく。

「なんというか。すごいな、この魔法陣」

「次回からは絶対持って来よう。予備も作って」

この日俺たちは新しい武器を手に入れたのだった。

この情報が遥《はる》か先を探索している自衛隊ですら知ることのない技術であることを兄妹が知るのは、まだまだ先のことだ。

幕間 — Interlude

勇者よ旅立つのだ

BASEMENT DUNGEON

「残り時間、あと10分」

試験監督の声を聞きながら答案用紙に最後の問題の解答を書く。残り時間も少ないので簡単に見直しを進めてみれば、上の欄《らん》に大きな空白を見つけた。

この歳《とし》にもなってこんなミスをするとは。僕は思わず軽い笑みを浮かべ、そこを埋める。

『勇樹《ゆうき》』

空白になっていた自分の名前を書く欄を埋めると同時に試験が終了する。

「はぁー、早くダンジョンに入りたいなぁ」

僕は間近《まぢか》に迫るダンジョン探索に思いを馳《は》せるのだった。

突如《とつじょ》世界中に現れたダンジョン。日本政府はこれまで、それを危険と判断し封鎖《ふうさ》してきた。

しかし国民の不満やダンジョン内から取ることのできる資源を求める企業の声などの影響で、遂《つい》に今日、日本でもダンジョン開放の一歩を踏み出すこととなった。

いきなり全《すべ》てを開放して不慮《ふりょ》の事故などで多数の死傷者を出すことにでもなってしまえば、

取り返しがつかない。政府は実験的に、厳正な抽選と試験を行って選んだ探索者4名一組の複数のパーティを、一般人のダンジョン探索者として採用することを決定した。

今僕たちはその試験を受けている。2週間にわたる講習は週に一度の休みはあったもののまるで大学受験の時の勉強合宿のようだった。

いや、これまでは今までの人生で習ったものを定着させていく勉強だったが、ここで僕たちが受けた授業は全く別物だった。

今までフィクションの世界でしか語られなかったものが現実のこととして、政府の見解を織《お》り交ぜながら話されていく。それを全て覚えろと言われ、2週間後のテストに向けて勉強をし続けていたのだ。

幸い筆記試験はグループ単位で評価されるため、誰かが覚えていれば問題ない。しかし、そこで別の壁が立ちはだかる。試験には体育の実技もあるのだ。

これに関しては誰かができれば……というわけにはいかないため、全員が合格するように必死で特訓しなければいけない。

グループでテストを受けるんだから受かるときも落ちるときもグループ一緒に決まっているよな。とは、ありがたい教官のお言葉。

体育は誰か一人でも不合格だった場合、連帯責任で全員不合格になる。

それだけ僕たちが貰《もら》おうとしている資格は厳しいものなのだ。

日本で言えば8月1日。

世界地図の西から順に現れたダンジョンはとうとう日本にも現れた。以後、政府がダンジョンを管理していたが、ダンジョンからこれまで地球上には存在しなかった素材が入手できることなどから、ついに民間へのダンジョン開放が決まり、その前の実験として、4名一組で25組の計100人が募集された。

『試験型ダンジョン探索許可証』

命の危険があるダンジョンにも拘《かか》わらず応募者は多く、凄《すさ》まじい倍率の中で、抽選が行われた。しかし、想像するにこの抽選も政府が裏で手を回しているのではないだろうか。危険思想を持つ人が一緒にダンジョンを探索するなんてなったらたまったものじゃない。

辛《つら》い身体能力の実技試験も終わり、僕たちは部屋に帰された。あとはこの部屋で一晩待っていれば試験の結果が届くらしい。

ここは、試験を受けることができたチームごとに割り振られた休憩《きゅうけい》部屋だ。講習期間も、この部屋を使っていて、既《すで》に僕たちにとってはなじみの部屋となっている。

それにしても情報漏洩《ろうえい》を防ぐためだとかで、テレビしかない。情報を送受信できるスマホやパソコンはないのだ。仕方ないけど暇《ひま》すぎる。というわけで同室にいる女子二人と男子一人と会話を楽しむのであった。

ちなみにダンジョン探索の応募条件に同性4名、または男女2名ずつというのがあったから
このようなメンツになったのであって決してカップルではないのはここに明記しておく。

それにこの部屋はダンジョンに向けての心構えなどを身につけさせるところでもあり、度を越した暴力や、男女での間違いがあった場合はその時点でチーム全員が落第《らくだい》となるそうだ。

翌日、テストの結果が返ってきた。そういえば合格点は聞いていなかったので、不安になりながらもチームに届いた封筒を開けると、そこにあったのは合格通知と、これからについての書類。緊張が解けたのか4人同時にため息を吐く。

合格点は90点だった。１００点中で。言われてはいなかったのだが、得点調整というのもあったらしく、テストの点数は5点分上乗せされたらしい。

問題を起こしたり、教師への態度が悪かったりすると逆に点数が下げられるそうだ。態度が良ければ点数が上げられるようで、それが僕たちということになる。得点調整は最高で5点らしく、僕たちの態度はかなり評価されていたということになる。

つまり、真の満点は１０５点ということか。僕たちの点数は92点だった。つくづく危なかったと思う。87点に得点調整でプラス5点。試験だけだったら落ちていた。

しばらく待機と書類に書いてあったので談笑していると電話がかかってきた。勿論内線限定の固定電話だ。どうやら合格祝いのパーティーがあるらしい。できる限り参加ということなので、全員で参加することにした。

そしてパーティーが始まったのだが、その光景に僕たちは目を丸くした。この会場にいる合格者はたったの20人だけだった。まず偉《えら》い人の話があり、それによると残りの80名、20グループは不合格だったようだ。中にはテストの点数は93点だったのだが、生活態度や教官への暴言が目立ったためマイナス4点で不合格というのもあったらしい。

その後はビッフェスタイルの立食パーティーでほかの合格者と交友を深めることができた。僕たちがかすむほど特徴的な人たちで、僕らの特徴といえば一番若いことと男女二人ずつのグループということだけだろう。

他のチームはかなりの美人女性たちのグループとどこかきりっとした女性たちのグループ。そして異常なほどムキムキな大男のグループとどっからどう見てもヤクザにしか見えないのにこれでもかというほど物腰丁寧《ていねい》なグループ。あぁ、僕たちが薄い。

パンティーが終わったあとは、明日から聞かされるはずの自衛隊の戦力や授業内容に関する守秘義務契約書などにサインしたり、スマホが返却され、広い部屋に移されたりしただけで終わった。

次の日は朝から集められグループの名前を決めるように言われた。

ダンジョンでは5人以上のグループは色々と不便なところがあるらしく、それがあっての4人一組の応募だったらしい。

ダンジョンでは4人組を一単位としてパーティと呼ぶのだそうだ。で、制限時間30分で必死にパーティの名前を決めたのだった。

パーティの名前が無事に決まり、それぞれ自分の持つ武器を決め、決まった人から申請書《しんせいしょ》を出している。

ちなみにパーティの名前は、僕たちが『勇者御一行』。ちょっふざけすぎたか。

美人女性四人組が『大和撫子《やまとなでしこ》』。見た目からして納得できる。

きりっとした女性たちが『葡萄会《ぶどう》』。正直この人たちはよくわからない。

異様な筋肉たちが『上腕二頭筋《じょうわんにとうきん》』。本当にそれでいいのだろうか。

そしてヤクザっぽい人たちが『893（パックサン）』。自分たちの見た目が怖いことは自覚しているらしい。というよりも、意図的に怖くしているのか。

まぁ、僕たちもこの一風変わった面子《メンツ》に混ざるため、ふざけて『勇者御一行』なんて名前にしたわけだ。

しかし、それだけではなく、この命名はダンジョン内でのジョブが関係している。

僕、勇樹は『剣』。

パーティメンバーの剛太《ごうた》が『盾《たて》』。女性二人は、有栖《ありす》が『魔法』で、梨沙《りさ》が『回復』だった。

ファンタジーでもよく見られる組み合わせだと思う。ちなみに実験も兼《か》ねているから、パーティ内でジョブが被《かぶ》らないようにと言われていた。ちなみにここまでくると戦術が関係してくるので他のパーティとは互いに不干渉《ふかんしょう》の態勢をとることになってしまった。

そうして武器選びに移ったのだが、魔法系統の二人は護身用の軽い剣で盾はそのまま警察が使っているものを流用するらしい。そして問題は僕。最初は刀《かたな》で申請していたけど、いざ訓練になった時、曲げちゃって。

使い方を知らない者に刀は難しいとよくわかったので、西洋剣にした。武器代は払わなくていいらしい。

こうして僕たちはダンジョンへ潜る準備を終えたのだった。明日からは、試験の点数が良かったパーティから順に時間をあけてダンジョンに入るらしい。既に命の保証はしないという契約書も書いている。緊張するが楽しみだ。

ちなみにダンジョンに入るのは僕たちのパーティが最後らしい。

◆

僕たちがダンジョンに潜り始めてからもうすぐ1カ月が経《た》とうとしている。援助を受けながらダンジョンに潜れるのはこの1カ月だけで、それが終わってしまえば、特に大きな問題が起きない限り、ダンジョンは一般公開に切り替わる。

装備の手入れのお金も自分で出さなくてはいけないし、ポーションも支給されなくなる。

最初、僕たちは自衛隊の引率《いんそつ》を受けながら毎日ダンジョンに潜っていた。

その時は皆、モンスターを殺すのに忌避《きひ》感があって、武器もまともに使えなくて。ただひたすら比較的忌避感のないスライム狩《が》りをしていた。あれって生物に見えないからね。

そして1週間が過ぎ、自衛隊の引率がなくなった。とはいっても、彼らは万が一に備えて僕たちのそばにおり、自分たちが戦うことはなかった。

本人たちが言うには10階層のボスを一人で倒せるであろう強さとのことだけど、そもそもボスと出会ったことのない僕たちにはよくわからなかった。

それからも僕たちはダンジョン攻略を進めた。メンバーは大盾を使う剛太、魔法使いの有栖、回復役の梨沙、そしてリーダーの僕、勇樹。喧嘩《けんか》が起きることもなく、協力してダンジョンに挑《いど》むことができている。

怪我《けが》も沢山《たくさん》してしまったけど、ポーションと呼ばれる液体をかけてもらったら一瞬で治った。切り傷程度なら一瞬で治してしまう効果があるらしい。

かければ即座に腫《は》れが引いたりと、万能《ばんのう》の薬だそうだ。ただし、それが入手できる階層がかなり深いので多用はできないとのこと。

薬としての効能はそこまでではないものの、軽い外傷なら瞬時に治すという特性は売ったら相当な額になるだろうという話だ。ただし、政府からダンジョンが公開されるまで社会に出すことを禁止されていることに加え、今のところダンジョン内で手に入れたものは国の物として扱われているため、商売などに使うことはできないそうだ。

そうして遂に僕たちもダンジョンの5階層、ボス部屋までたどり着くことができたのだ。聞くところによると、ほかのパーティは既にボスを倒しているらしい。ただし、6階層以降に行くことは認められていないので今は4階層で狩りをしているとのこと。

ダンジョン探索が許される期間は今日で最後となっている。ボスに挑戦できるのは1回だけしかない。何としてでも攻略しなければいけないというプレッシャーが伸《の》しかかる。

扉に手を触れるとゆっくりと開いていく。中に立つのは醜悪《しゅうあく》な顔をした一匹のモンスター。頭の中に『ホブゴブリン』と文字が浮かぶ。大丈夫、聞いていた通りだった。

「皆、行くぞ!!」

「「はい!!」」「おう!!」

3人から返事が返ってくる。いい仲間に出会えたものだ。

剣を構えて突っ込んで行く。力任せで行ったら押し返されると聞いたから敵の間合いの一歩手前で停止する。

「剛太!!」

「おうよ!!」

ホブゴブリンが持ち上げた剣を振り下ろすと同時に、横から大きな盾が突っ込む。このパーティの盾役、剛太はこれまでも敵の攻撃を幾度《いくど》となく防ぎ、僕たちを救ってきた。

剛太はその怪力でホブゴブリンの体勢を崩《くず》し、そこに僕はすかさず剣を叩《たた》きこむ。

「くっ、硬《かた》いか」

剣はその分厚い皮膚《ひふ》に阻《はば》まれ、浅く切り裂いただけだった。

「【ファイヤー】」

後ろから聞こえてくる、その声。パーティの後衛《こうえい》で魔法担当の有栖は、今までもその炎で敵を薙《な》ぎ倒してくれた。

「皆さん援護します。【スタミナヒール】」

またもや響く別の詠唱《えいしょう》。このパーティの唯一《ゆいいつ》の回復魔法の使い手である梨沙。疲労を回復させる魔法は僕たちに勇気をくれた。

ホブゴブリンの剣を剛太が弾《はじ》き返す。有栖の魔法がホブゴブリンを焼く。僕は幾度となくその硬い肌《はだ》に剣をぶつけ続けた。

ホブゴブリンは次第《しだい》に弱っていき、ついに膝《ひざ》をついた。勝ったと思った。思ってしまった。だから気づかなかった。

ホブゴブリンの固く握った拳《こぶし》に。

光る剣に。

手にした情報にはそんなことは書かれていなかったから。

走馬灯《そうまとう》のように景色がゆっくりと進んでいく。怖くて動けない。ホブゴブリンは最後の力を振り絞《しぼ》り、攻撃を仕掛けたのだ。僕の人生はこれで終わってしまうというのに、襲《おそ》ってくる切っ先をただ呆然《ぼうぜん》と眺《なが》めることしかできなかった。皆、ごめん。

「勝手に諦《あきら》めてんじゃ、ねぇぞー!!」

その怒声《どせい》と共に視界に大きな盾が割り込んでくる。

「つなげ、お前の力で、ぶっ殺せ、ぐはっ」

剛太は一瞬だけホブゴブリンの剣を受け止めるも、その攻撃によって大盾ごと吹き飛ばされ、転がっていく。

目を背《そむ》けてしまえば、逃げることはできる。けれど彼がつないでくれたのだ。ホブゴブリンは盾に剣をぶつけたことで一瞬停止した。十分すぎるその時間。

「くらえぇ――――!!」

僕の突き出した剣は一瞬の抵抗がありながらも、ホブゴブリンの喉笛《のどぶえ》を貫《つらぬ》いた。

そして霧《きり》となって消えていく。残ったのは金属のカード。通称スキルカードが5枚。

「勝ったな、ごほっ」

ふらふらと剛太が戻ってくる。骨は折れていないようだ。だとするならば。

剣を上に掲《かか》げ、宣言するのだ。

「僕たちの、勇者御一行の勝利だー!!」

梨沙が近づいてくる。

「お疲れ様。私たちの勝利よ、勇樹」

その冗談でつけた勇者という言葉がすっと胸に落ちる。やり切ったという満足感と共に。

「おーし、皆。今日は帰って騒ぐぞー!!」

「えー、私疲れたから寝たいんだけど」

「私も今日は遠慮していいかな」

騒ぐ剛太。しかし、女子二人に断られた。

「何だと。勇樹、お前は来るよな?」

「ごめん、僕も疲れたから。寝たい」

ホブゴブリンが落としたスキルカードを手に取り、中身を知りたい、と念じるとカードは粉々《こなごな》になって消えていった。残りの3人も同じようにする。

『自己鑑定』と頭に浮かぶ。敵や味方、そして己《おのれ》が持つスキルを知るためにも必要なスキルである。これがないと、自分が覚えたスキルすらもわからなくなってしまう。5階層のボスを初めて倒したときの確定ドロップ品であり、以降の探索に必要不可欠なスキルである。ホブゴブリンを倒した人しか使えない。

残りの3人も同様に『自己鑑定』を手に入れたものの、1枚だけ皆には身につけることのできないスキルカードがあった。

「僕もやってみるね」

カードに手を触れ、知りたいと念じる。カードはあっさりと粉々に砕《くだ》け散った。

『威光《いこう》』……強者の風格。弱者の抗《あらが》い。それは勇気あるものを強くする。


「『威光』」

そのスキルを使うと全身が淡く光り、力が湧《わ》いてくる。それと同時に凄まじい勢いで魔力が減っていくのを感じた。

ダンジョンに入る前に学んだところでは、魔法を使うのには魔力を使用するらしく、逆にスキルでは魔力の消費は多くない代わりに精神を削《けず》られるという話であった。

魔力がなくなれば眩暈《めまい》がして、まともに動けなくなる。スキルを使い続ければ、注意力散漫《さんまん》になり、冷静な判断ができなくなり、ネガティブになる。魔力の総量は魔量として数値化されているらしいが、精神は数値化されないため管理が大変らしい。その代わり根気さえあればいくらでも戦えるということだ。

「自分を強化するスキルみたいだね」

3人の方を向こうとすると視界が揺れる。

そのまま力が抜けてふらっとし、剛太に肩を支えられる。

「おい、大丈夫か？」

「スキルなのに精神が削られる感じがしなくて、魔力が結構減ってる。魔法寄りのスキルなのかも」

「んだよ、魔力切れか何か。何かと鍛えられてないからこうなったんだよな。全く、俺たちの勇者様はダメダメだよ。でもまあ、これからもよろしく頼むぜ。勇者様」

「うん、これからもよろしくね、皆」

僕は満足感を覚えて眼《め》を閉じる。

「ほら、帰るまでが探索よ」

有栖に背中を叩かれ目を開く。できればこの雰囲気《ふんいき》に水を差さないでほしかったのだけど、まあいいか。

こんなにも幸せなのだから。

しかし、その日の夜。勇樹たちが寝静まったころ。最前線を探索していた、日本最強のパーティが15階層のボスとの戦闘の中で殉職《じゅんしょく》したという一報が政府に届けられた。

その中には、勇樹たちを引率していた自衛隊員が含まれていることを勇樹たちが知ることはなかった。

ダンジョンの一般公開まで、あと数日。

そして、未《いま》だ誰にも知られていない本当の日本最強の二人は、今日もダンジョンで娯楽《ごらく》を求めているのだ。

2章 — Chapter2

兄妹はしばらくの時を経て

BASEMENT DUNGEON

初めてダンジョンに入った日から6週間が経《た》とうとしていた。2週間後にはダンジョンの一般公開が控《ひか》えている。

そしてついに今日14階層の探索を終えた。魔法陣を使い始めたあの日から強化された魔法を使い、調子づいた俺たちは次々とダンジョン探索を進めていった。

そうなれば当然ながら武器の消耗《しょうもう》も激しい。12階層の探索をしている途中で、刃のついている部分が頼りないように感じたのだが、とうとう鍬《くわ》の木製の部分がへし折れた。仕方がないと、その日は探索を中断して新しい鍬を買いに行ったのだが、結局は買わずに帰ってきた。

下の階層に進むにつれてモンスターは強くなっており、自分で補強したところですぐに壊れるだろうと考えて出かけたのだったが、ダンジョン探索で長期的に使用できそうな丈夫《じょうぶ》な鍬は売っていなかった。

しかしそうなると武器がない。ということでさっさと家に帰り、庭にある自作のかまどに火をつけた。

10階層のボスであった黒狼《こくろう》は体長3メートルほどの巨大な黒い狼《おおかみ》で、頭に立派《りっぱ》な角《つの》を持っていたのだが、ハルの【ボム】弾幕《だんまく》と、俺の急所への攻撃で難なく倒した。

ちなみに黒狼のドロップ品は金属のカード2枚と、真っ黒なナイフ。ナイフは俺がサブウェポンとして使わせてもらっている。

次いで11階層。そこから先では、一気にドロップするもののレパートリーが増えたのだった。強度が高く、熱に強い石をドロップする異常に硬《かた》い奴《やつ》や、石炭のようなものを落とす、自爆するゴーレムなどもいた。今、庭にあるかまどは最初の頃に比べれば格段に性能が良くなっている。ダンジョン産の石炭は簡単に高温まで上がってくれるのだ。

そして火の中に真っ黒な角を突っ込む。これは黒狼のドロップ品。最初にドロップしたのは金属のカードとナイフだが、ダンジョンのボス討伐《とうばつ》は何度も行うことができて、その都度《つど》、ドロップ品が違うらしい。偶然そのことに気づいた俺たちはまるでゲームのようにボス討伐の周回を行った。

計20回のボスアタックだったが、その後ドロップしたのは、爪《つめ》が11個に小さな毛皮が9枚。黒曜石《こくようせき》のような石が2個と新たな金属のカードが2枚。そして巨大な角が1本。その角も猪《いのしし》の角と同様金属として使えるだろうということで、現在ハルに許可を取り、鍬の柄《え》を黒狼の角に変えている。

鍬の柄の部分を焼いて取り外し、刃部に黒狼の角で作った棒を差し込み、再びかまどに入れて叩《たた》きながら溶接する。とはいえ、この温度ではまだぎりぎり鉄は溶けないので、鉄の隙間《すきま》に溶けた黒狼の角が入って固まることでつないでいる状態である。

念のため、刃と柄のつなぎ目全体にワイヤーを巻いて溶接し、強度を上げておいた。

俺がその作業をしている間に、ハルは黒狼の毛皮で細めのリストバンドのようなものを作ってくれた。

そこには、俺が鍬の加工したときに余ったほんの少しの黒狼の角で作られたプレートが取り付けられていて、魔法陣が彫《ほ》られている。

これを手首にはめることでいちいち魔法陣の書かれたプレートを手に持たずとも魔法陣の恩恵で強化された魔法が使えるらしい。そんなこんなで武器の強化を終えた俺たちは、休息に一日当て、再びダンジョン探索に向かうのだった。

「こうして俺たちは今、14階層の探索をしているのだ」

「おにい、うるさい。変な現実逃避してないで片づけて。【ボム】【トリプル】」

ハルはいつの間にかできるようになったという魔法のまとめ撃ちをすると、その爆風で少なくない数のモンスターが吹き飛んでいく。

「はいはい。了解ですよっと。【スピード】」

黒狼のナイフと鉈《なた》を両手に持ち、大量のモンスターの間を走り抜けると、そこにいたモンスターの首はいつの間にか断ち切られ、それを知ることもなく霧《きり》となって死んでいく。黒狼の周回をしているあたりからだろうか、どうにも感覚が鋭敏《えいびん》になり、ハルとは今まで以上の連携《れんけい》が取れるようになった。

モンスターの首を飛ばしながら走り回り、ふと動きを止めると、その瞬間、肌《はだ》すれすれにハルの魔法が飛んでいく。

「おにい、そろそろ魔力切れそうだから突っ込む」

「おー、じゃあ一気に終わらせるか。【スピード】【チェイン】」

度重《たびかさ》なる改良と、ハルのもっと重く凶暴にという依頼に応《こた》え続け、溶かしたモンスターの牙《きば》などで嵩増《かさま》しされたハルのバールは既《すで》に原型を留めておらず、バール本体を芯《しん》に、見た目は釘《くぎ》バットと化していた。そんな釘バットを持ってモンスターの群れに突っ込むハルと自分に二つの魔法を使った。

そして、このとき俺は新しい魔法を入手していた。元々俺が使える魔法は【スピード】だけだった。だが、ある日、異常に強いスケルトンが出てきたのだ。スケルトン自体は12階層に出てくる雑魚《ざこ》なのだが、そいつはその強さを遙《はる》かに凌駕《りようが》し、体を金色に染めていて、魔法を使った攻撃をしてきたのだ。

その体の骨は魔法に強い耐性《たいせい》があるようでハルの【ボム】は全く効《き》かないうえに、物理耐性もそこそこ高く、攻撃がなかなか決まらなかった。スケルトンの使う魔法は簡単に避けることができるのでダメージは受けないが、こちらの攻撃も効かない。

地道に関節などをタコ殴りにすることで、スケルトンがようやく死ぬまでには軽く1時間は経っていたのだ。黒狼とあのスケルトンが戦ったらスケルトンが圧勝というぐらいには強かった。

そしてスケルトンのドロップアイテムは大きめの壺《つぼ》と金色のカードだった。

長時間戦っていて疲れていたからだろうか、何も考えずに金色のカードに触れてしまった時にはもう遅かった。

視界にある全《すべ》てが動きを止め、頭の中に文字が表示される。最初にダンジョンに入った時と同じ、時間が止まっている状況。そこで頭の中に表示された文字の意味を理解し、呆然《ぼうぜん》とする。

魔法メイカー
種類：付与《ふよ》魔法（固有魔法）
属性：設定してください
名前：設定してください
効果：設定してください

つまりは新しい魔法を作れるということだった。どれほどの効果や威力《いりょく》があるかわからないので、制限に縛《しば》られなさそうなスキルにしておいた。自由度が高く、どこまでも手を伸ばせるような魔法。それが先ほどの【チェイン】だ。

魔法メイカー
種類：付与魔法（固有魔法）
属性：無属性
名前：チェイン
効果：伝染させる

この魔法は思った以上に制限がなく強かった。その分魔力の消費も激しいがそれが気にならなくなるぐらいには。今回はハルの攻撃面に対して【チェイン】を付与した。そうするとどうなるか。

結果は、ダメージが伝染する。

それこそ攻撃を当てたモンスター周辺の一定の範囲内にいる別のモンスターへもダメージが加わるのだ。ハルが軽くその武器を振るうたびに何匹ものモンスターが肉塊《にくかい》となり、次の瞬間には霧となって消えていく。いつも通り近づくことすら危険なその戦いに混ざる勇気はないが、俺も戦わないと終わらないいし、経験値《ち》が入らない。

この【チェイン】というスキルは急所への攻撃の一点だけを伝染させることにより無駄な力

を使うことなく広範囲の敵を殺すことができる。しかし無限に伝染させることができるわけではなく、使い手よりも魔力が高い相手へと伝染させることは不可能だった。

さらに、威力の高い攻撃を伝染させようとすれば、その分消費する魔力も多くなるし、伝染する範囲を広げても同様に多量の魔力を消費する。まあ、魔力の消費を考えなければ、かなり強いスキルといったところか。

「というわけで俺も混ざりますか」

ナイフと鉈を腰に固定し鍬を取り出す。

「【スピード】【チェイン】」

残りの魔力を余裕がある範囲で使い、ハルから少し離れたところで戦闘を始める。あえて言っておくと【チェイン】の用い方は使っている本人である俺の方が圧倒的に上手《うま》い。

鍬でモンスターの首に斬撃《ざんげき》を加える、という事象を周囲に伝染させるだけでなく、一体のモンスターの体内で伝染を広げることもできる。とはいえ、そこまでしても攻撃範囲はハルと同等。戦い方が違うのだから向き不向きもあるだろう。

それからはあっという間だった。吹き飛ばす力だけが強い【ボム】に比べたら、物理攻撃の方が威力は高いうえにそれが範囲攻撃になったのだ。それはそうだろう。

もうすでに俺たちのレベルだと雑魚を一撃で倒せるぐらいまでには成長している。レベルを知ることはできないけれど。そして瞬《また》く間にそこにいた１００を超える数のモンスターは数多《あまた》のドロップアイテムを残して消え去ったのであった。

　さて、俺たちは何でこんな状況に陥《おちい》ったのか。正直に言えば、知らん。俺もハルもまったくもって心当たりがない。となれば前に小説で読んだあれだろう、魔物が一斉《いっせい》に暴走して襲《おそ》って来るやつ。

「スタンピードかな。おにい」

「あ、あーうんそうじゃないか。さすがにこんな大量のは初めて見たけど」

　これまでにも大量の魔物の一斉強襲は何度も経験している。しかしそこにいたモンスターの数はだいたい数十匹、多くても50は超えないくらいの数だったのだ。

　しかし今回は１００を軽く超えてきた。もし【チェイン】が使えなかったら、迎撃《げいげき》が間に合わず撤退《てったい》。最悪の場合は数に呑《の》まれて死んでいたかもしれない。ところどころにできてしまった傷に霧吹きに入れたポーションを吹きかけていく。

　ちなみにポーションは13階層の緑色のスライムが瓶《びん》に入った状態で落とした。しかもすごいことに、この瓶は中にポーションが入っているときには全力で投げても割れないのに、中身が空《から》になったり、ポーションではなくなると急速に劣化するようで5分でひびが入り、10分で砕《くだ》け始め1時間後には砂になっていた。

　そんなどうでもいいことを考えながら、モンスターからドロップしたアイテムの中から必要なものだけを拾ってリュックに詰めていく。

いくら敵を倒しても持って帰れるのはリュック二つ分だけなのだから。必要そうな物だけをリュックに詰め、ようやく15階層に降りる。勿論《もちろん》今日はボスには挑《いど》まない。

俺たちはひそかにスタンピードのことを心配しながら我が家へ向かうための転移魔法陣に乗るのだった。

願わくば、何事もなくボスを倒すことができますように。

◆

2日後。一日の休息をとった俺たちは今、今日のボス攻略のために準備を整えている。

黒くて丸い壺に手を突っ込んで。

当たり前だが漬物《つけもの》を作っているわけではない。前に倒した金色のスケルトンからドロップした、もう一つのアイテムがこの壺だった。最初は何の変哲《へんてつ》もない壺だと思っていたのだが、帰り道のバッグ代わりにしようか、と持ちきれないドロップアイテムを詰め込んでみたところ、不思議なことが起きた。

壺の中に物を入れると同時に中の物が消えていくのだ。そしてもう一度壺の中に手を入れると今、中に何が入っているのかが何となくわかるのだった。

ついに夢にまで見た収納系のアイテムか、と興奮《こうふん》し、その後偶然見つけた30匹ほどのスタンピードを【チェイン】の実験がてらに殲滅《せんめつ》して、ドロップしたアイテム全てを壺の中に入れ、そして持ち上げたのだが。

重かった。元の壺は数キログラム程度の重さだったのに、今では上がったステータスをもってしても持ち上げるのが大変なほどだ。何となくこの壺の効果を理解しながら、移動の邪魔にならない程度の重さ、20キロくらいになるまで中身を捨て、帰ることにした。

家に帰り、このアイテムの性能実験を行った。使ったのはおもりと体重計。まず、おもりの重さを測《はか》り、次に壺におもりを入れて総量を測る。残念なことに予想は正解だったようだ。この実験で、物を入れる前と後でどれだけ重さが変化するのかを知ることができた。

結果、壺は見た目以上の量の物が入れられるが、重さが減ることはない。入れられる量の限度は不明。

結果、俺の家の収納はこの壺一つで片付いた。壺の口からは絶対に入らないようなものまでも何故《なぜ》か入る。壺の入り口に物が触れると空間が屈折し、その物のサイズが小さくなって壺の中に収まってしまうのだ。

屈折の有り様は熱の影響で視界がゆらゆらして見えるようなイメージ。ちなみに生き物は入れられないらしい。手を入れてみたが、その手はそのまま壺の底に触れてしまった。

それはさておき、装備などの必要なものを壺から出して、念入りに手入れをしてから着込む。それから庭に出て組手を始める。

最初は地下室でしていた組手だが、互いの技量も基礎体力も上がったので、外で思う存分《ぞんぶん》やることにしたのだ。その代わり武器はなし。ご近所さんはいないし、庭は塀《へい》に囲まれているが、もし見つかって通報でもされたらさすがに困る。

というわけで跳《と》んだり蹴《け》ったり殴ったりの組手をした後、呼吸を整え、装備をもう一度、互いに確認し合う。

「今日は何があってもボス戦一回で終了だ」

「わかった。前回と同じだったら逃げることもできるから、怪我《けが》しないこと最優先でね。おにい」

軽く言葉を交わしダンジョンの中に入っていく。転移の間までの数メートルのあいだでモンスターに出会うことはなかった。そのまま転移で15階層まで行くと目の前には大きな門がある。

今日はリュックではなく身につけるポーチしか持ってきていないので、荷物の整理は必要ない。腰には黒狼のナイフと使い続けてきた鉈。ポーチには3本のポーション。そして手には鍬を持つ。ハルも俺の後ろでしっかりと釘バットを構えた。

「まずは様子を見る。行くぞ」

門に手を触れるとゆっくりと、重たい音を立てながら開いていく。徐々《じょじょ》に中の様子が見えてくる。そこは学校の体育館ほどの広い空間だった。そして真ん中には地面から突き出した岩に座り目を瞑《つむ》るボスがいた。

『人化牛《じんかぎゅう》』


その部屋に足を踏み入れると同時にボスの名前が頭の中に表示された。

身の丈《たけ》3メートルほどの、牛頭の大男が目を開く。

まだ10メートル以上も距離があるその場所で、人化牛は警戒《けいかい》して俺たちから目を離さずにゆっくりと立ち上がる。そして人の胴体くらいはあろう太い腕で、横に置かれた巨大な斧《おの》を軽々と持ち上げる。

その巨体を見せびらかすように斧を振り上げると、斧が赤黒く光りだす。圧倒的な力が斧に溜《た》まっていくのを感じ、冷や汗《あせ》が垂《た》れてくる。いくらボスだとはいえ、この10メートル以上空《あ》いた間合いを即座に詰めることは難しいだろう。体にこれといった変化がないため機動力を増すスキルは使われていない。こちらまで届くわけがない。それなのに胸騒ぎがした。

「ガアァァ――!!」

鳥肌《とりはだ》が立つほどの雄叫《おたけ》びを上げ、人化牛は地面に向かって斧を振り下ろす。斧から力の流れが地面を伝ってこちらに伸びて来るように見えた。

「横に跳べ!!」

考える前に叫び、俺とハルはそれぞれ左右に跳ぶ。それと同時に先程まで俺たちが立っていた場所を力の奔流《ほんりゅう》が駆け抜ける。残ったものは地面にできた大きな亀裂《きれつ》だった。

「グアァァ――!!」

人化牛は間髪《かんはつ》を入れずに、斬撃《ざんげき》が通った脇《わき》を駆け抜けてこちらに近づいてくる。

「【スピード】」

自分とハルに付与をかけ、人化牛が突っ込んでくる軌道《きどう》から離れる。

「あ、【ボム】」

ハルが何かに気づき人化牛に魔法を放つが、斧の一振りで払われてしまう。

「おにい、退路を塞《ふさ》がれた。人化牛かなり頭いい」

今の状況はかなり分《ぶ》が悪いように思える。俺とハルの距離は最初の攻撃で離されてしまったうえに退路は塞がれている。

「いつも通り俺が突っ込む。魔法は効果がないだろうから目くらましを中心に」

鍬を構えて人化牛に突っ込んでいく。さっきの攻撃を見た限り、俺との力の差は相当に大きい。一回でも打ち合ったならば武器ごと真っ二つにされるだろう。

だからこそ打ち合わない。受け流しても吹き飛ばされる程の力の差だ。攻撃は全て避ける。反撃する余裕なんか微塵《みじん》もない。攻撃を仕掛けるのはハルの【ボム】で目くらましをした瞬間だ。

目の動き、筋肉の膨《ふく》らみ、呼吸のタイミング。全てを可能な限り把握《はあく》しながら攻撃を躱《かわ》していく。

攻撃が速すぎて目が回りそうになるが、そうなった瞬間待っているのは死だ。必死に躱しその時を待つ。ハルの魔法が飛んで来るまでその一瞬が長く引き伸ばされる。

「おにぃ!! 【ボム】」

魔法が真《ま》っ直《す》ぐ人化牛の顔に突き刺さり爆発を起こすが、人化牛の皮膚《ひふ》は硬い。まともにこの魔法を食らっても平然としていることだろう。しかし、目的は目くらましだ。戦闘では目を潰《つぶ》したらほぼ確実に勝てる。そして人化牛のその顔は煙に巻かれていて周りを見ることができなくなっているのだ。勝った。

「脳みそまで切り飛ばせ。【チェイン】」

斬撃が目を通って体内にまで伝わるように【チェイン】で斬撃を伝染させる。

人化牛の目に一寸《いっすん》の狂いもなく向かっていった鍬は――。

目を切り裂く寸前に、人化牛の手によって受け止められた。斬撃が伝染し、人化牛の腕に多数の傷をつける。だが人化牛にはほとんどダメージがないようで、単に鬱陶《うっとう》しがるかのように手を払う。しかし当然ながら俺は鍬の柄を持ったままだ。

人化牛にとっては軽い動きでも、俺たちにとっては死に直結する攻撃となる。俺は鍬を摑《つか》んでいることもできずに凄《すさ》まじい勢いで吹き飛ばされた。鍬もへし折れた。

「おにぃっ!!」

ハルの慌《あわ》てた声が聞こえる。大丈夫、骨は折れてない。立ち上がり、3つのポーションを全て頭からかぶる。全身から痛みが抜けていくと同時に興奮していた頭もすっと冷静になる。

だからこそ気づけた。今の人化牛の行動は明らかにおかしかった。今までのモンスターは視界を遮《さえぎ》られると、必ずと言っていいほど突っ込んできた。しかし、この人化牛は慌てることすらなく、攻撃される場所がわかっていたかのように鍬を受け止めた。

人化牛の今の行動がモンスターにプログラミングされた行動の一部だとするならば、このままの戦い方では負ける。だからこそ試す必要がある。

「ハル、爆弾を投げろ!!」

人化牛はハルから咄嗟《とっさ》に距離を取り、斧を盾《たて》のように構えた。まるで爆風や破片から体を守るかのように。

持っていないどころか持ったこともない爆弾を投げるように指示すると、ハルは案の定、慌てたような行動をとる。でも、問題ない。わざわざ行動に移せないような指示を出したんだから。

「人化牛、お前、人の言葉、理解してるだろ」

人化牛にそう問いかける。

ハルも気づいたようで、釘バットを構えながら近づいてくる。

「それがここのモンスターであるお前たちの能力か？　まあいい。人の言葉を理解しているならばそれに相応《ふさわ》しい戦い方がある」

「じゃあ、第2ラウンドと行きますか」

折れてしまった鍬を諦《あきら》めて右手にナイフ、左手に鉈を構える。俺たちは先程まで作戦の一つ一つを声に出して人化牛に伝えてしまっていた。

知能がある生物ならば本能で動く生物とは違い、敵の動きに対して思考する。俺たちのやりとりがなくなると、臨機応変《りんきおうへん》に動くのは難しい。自分に入る情報が少なくなれば当然だろう。

人化牛はそれを聞いて戦い方を変えてきたのだ。俺たちのやりとりがなくなると、臨機応変に動くのは難しい。

俺たちはただ作戦を口に出さないで連携を取ればいいだけだ。普通ならばそれは難しいことなのかもしれないがずっと支え合って生活してきた俺たち兄妹ならばさほど問題はない。

「じゃあ、行くぞ」

最初にそう宣言し口を閉じる。これ以上の言葉は必要ない。

人化牛が息を吐いた直後に俺はすり足で距離を詰める。合気道《あいきどう》で学んだ歩法で、上下運動が少ない。そのため近づくごとに人化牛は反応しづらそうに俺を見る。

まずはナイフで軽く突き、そこからは先程と同じように視線と筋肉の動きと呼吸を見て攻撃を躱していく。リーチが短いため喉《のど》や顔には届かないが、その分手数は増えている。

避けながらさらにフェイントを混ぜていく。知能のないモンスターはフェイント以前に相手の動きを見て攻撃などしてこない。しかし知能があるからこそ騙《だま》される。力任せの戦闘をする人化牛なら尚更《なおさら》だ。

どんどん攻撃回数を増やしていき攻撃の時に身体に負担がかかる部分を傷つけていく。大きな隙を見つければ後方からハルが殴り飛ばし、離れる。俺のインファイトとハルのヒットアンドアウェイ。筋肉の詰まった重い体を支える足や武器を支える手には傷が増えていき、人化牛にも疲労が溜まっていく。

「【チェイン】」

人化牛が一瞬ふらっとしたのを見計らいハルに付与をかける。そのまま後ろに下がり人化牛の気を引きながら距離を取る。それと同時にハルが人化牛の後ろから釘バットを振りかぶり走りこんでいる。

「うーりゃっ!!」

ジャンプしたハルのかけ声とともに人化牛の頭部に放たれた殴打《おうだ》は【チェイン】で何倍かに膨れ上がり、重い音を響かせる。

さすがの人化牛もふらついた瞬間に脳が揺れるほどの強打を後頭部に加えられれば倒れこむだろう。しかしそれでも倒れないのが人化牛。倒れる寸前に片足を前に出し強く地面を踏み込むことで転倒を耐える、はずだった。

しかし、そこにはすでに俺が戻ってきている。手に持っているのは鉈。その鉈の刃は向けず峰《みね》を使い、地面に下ろされる寸前の人化牛の足に全力で横から打ちつけると、足が横を向いた。

その状態で勢いよく踏み込んだなら、足はどうなるのか、想像に難《かた》くない。

「ギャアア――!!」

自重により思いきり足を痛めた人化牛は初めて悲鳴のようなものをあげる。

「うわー、痛そ」

あまりの痛みからか、人化牛の手から零《こぼ》れ落ちた斧を手に取った俺は、遠心力を利用して遠くに投げる。これで人化牛は武器を拾えない。

「せーいっ」

ハルが追い打ちとばかりに背後からまた頭部を殴り飛ばすとあっさりと人化牛は転がっていく。そしてそこに待つのは俺のナイフと鉈。人化牛が防ぐ前に両目を斬《き》り飛ばす。これで視界は奪った。機動力と視界を失った人化牛にはもう勝ち目はない。

音を立てないように回り込み、全力で人化牛の首にナイフを差し込む。浅くしか刺さらないが、人化牛から距離を取るついでにナイフの柄を踏んで深く押し込む。

「うりゃぁ」

深く刺さったナイフに向かいハルは思いきり釘バットを振りかぶり、ナイフの柄を打った。

「ガァア、ア」

釘バットによってさらに深く刺しこまれたナイフは人化牛の首を体から切り離した。

こうなればさすがに生きてはいられない。首から血が噴《ふ》き出し、断末魔《だんまつま》の叫びを上げることすら許されない。

首なしになった人化牛が数秒ほど痙攣《けいれん》するようにぴくぴくと動き、そしてあっさりと霧になって消えていった。

人化牛が死んだ場所にはいくつかのアイテムが転がり、入り口とは反対側の端っこには魔法陣が現れる。

「「終わった――!!」」

二人そろって武器を投げ出し両手をあげて勝利の雄叫びを上げる。

と同時に膝《ひざ》から崩《くず》れ落ちた。膝が震える。いや、膝どころじゃない。節々《ふしぶし》が震えている。それだけの疲労が溜まる戦いだったのだ。少し落ち着くと汗が滝のように噴き出てくる。いつの間にかインナーは汗でびしょびしょになっていた。

ハルがこちらに這《は》い寄って抱きついて来るので、抱きしめて頭をポンポンと叩く。

「怖かったぁ」

しばらくそうしていると落ち着いたようで、だんだん震えが収まってきた足を必死に動かして、ドロップ品の確認を始める。

ドロップしていたものは、いつもより綺麗《きれい》な銀色の金属のカードが2枚。それの黒色バージョンが2枚。金色バージョンが1枚、そして紫《むらさき》色の装飾の入った指輪が二つだった。

とりあえず全て回収し魔法陣に乗ると、選択肢《し》なしに見覚えのある部屋に転移する。ボス部屋の奥の部屋。作りは前回と全く同じだった。ここにモンスターが来ないことはわかっているので、アイテムを置いていつも通りに処理していく。

自分のものではないカードはやはり持っていても霧にならないらしく、そういう物はハルが持つと霧に変わる。カードは使う人が厳密に決められているらしい。結局、俺は銀と黒1枚ずつ。ハルはそれ以外なので金色のカードが1枚多い。

そして最後に指輪を手に取る。適当に中指に通してみると、だんだんと大きさが変わりしっかりと嵌《は》まった。ハルの方も同様に、俺より細い指なのにちゃんと嵌まっていた。

「うわぁ!!」

ハルがいきなり驚きの声をあげたので見てみると、ハルは今まで以上に狂暴そうな武器を抱えていた。棘《とげ》の生《は》えた球体に持ち手が付いた武器。現実で見ることはないがファンタジーではたびたび登場するやつ。モーニングスター。

「おにい、これ重い」

ただし今までの武器に比べるとかなり重いらしく、体力を消耗しきったハルでは持ち上げるのが精一杯《せいいっぱい》だった。

「で、その武器はどっから持ってきたんだ?」

とまあ、言ったのは、疑問はモーニングスターそのものではなく、それがどこにあったかなのだ。周囲にはそんなものはなかったし。ハルもその場から動いていない。

「指輪に小さな魔法陣が付いてたから。魔力流してみたら武器が出てきた。こうやって、あ」

ハルが再び実践《じっせん》するように魔力を指輪に流すと先程までハルの手の中にあったモーニングス

ターは霧となって指輪に吸い込まれていった。さすがにハルもこれは予想していなかったようで驚きを見せている。

「じゃあ、こっちは何だろうな」

立ち上がってから手を軽く前に出し指輪に魔力を流す。

「おー。おにい死神」

ハルの言う通りだ。俺の指輪から出てきた武器は大鎌《おおがま》だった。刃がどでかく柄も長い、まるで死神が持っているかのような大鎌。

刃がでかいためか重心が圧倒的に前に寄っていて柄の真ん中あたりを持たないと使うのは難しそうだ。再び魔力を流してみると大鎌は指輪の中に消えていった。

「はぁー。いつも通り収穫はこれだけか。後はよくわからない金属のカードっと。じゃあ、帰るかハル。武器は仕方がないけど鈍だな」

「うん。それ以外の武器はもう使えないからね。おにいは武器なし?」

ハルが言うように俺たちの武器は人化牛との戦いで壊れてしまった。俺の鍬はへし折られたし、俺のナイフとハルの釘バットは最後に人化牛の首を切り離すときの衝撃でお釈迦《しゃか》に。ナイフは根元から刃がぽっきりと折れて、釘バットもその衝撃で砕けてしまったのだ。今では芯として使われていたバールが無残に折れ曲がった姿になっている。

「俺は武器なしだな。まぁモンスターがいたとしても1階層しか通らないんだから平気だろ」

ドロップ品をさっさと回収すると、ハルと手をつなぎ帰還《きかん》の魔法陣の場所へ向かう。ただし体力が尽きかけていて、ハルが立ち上がることもできなかったのでポーションを俺とハルで半分ずつ飲んだ。

怪我はしていなかったのでポーションの力は俺たちの体力を回復するために使われ、歩くのが容易になるほどまで回復したところで、さっさと転移の間に行き、このフロアを出た。

目の前にゴブリンがいたので軽く回し蹴りをすると吹き飛んで霧となっていった。

さらに強くなったみたいだな。人化牛戦でまたレベルが上がった気がする。

俺たちはいつものように地下室に戻り、装備を脱いでいく。

「おにい、話があるの」

ハルが装備も解かず、唐突《とうとつ》に振り返り、真剣な表情をこちらに向ける。

「色々わかっちゃったから、ちょっと相談。聞いて」

ハルは俺に向かってちょっと困ったような、しかし自信ありげな表情で首を傾《かし》げ、いつも通り薄く笑うのだった。

◆

俺たちは、話の前にさっさと着替えを済ませ、テーブルにつく。

「で、相談ってなんだ？」

ハルが何故かペンと紙を持ってきたのでちょっと気になってこちらから話を切り出す。

「私、人化牛戦で、あるスキルを手に入れました。名前は『解析《かいせき》』」

「おーよかったな。で、やっぱスキルゲットのトリガーは金属のカードか？」

「そうみたい。色は金色のやつだったんだけど。で、試しに『解析』のスキルを自分にかけてみたの。そしたらステータスが見えちゃって」

「おぉ、どんなだったんだ？」

今まで見たいといくら願っても見ることができなかったレベルを確かめることができるようになるのだ。嬉《うれ》しくないはずがない。

「まあ、ステータスも言わなきゃなんだけど、それ以上にわかったことがあったんだけど」

「何だ？」

心当たりは何もない。ステータスに異常があったとか？　いや、そしたらもっと早く言うか。

「あの金属のカードはスキルか魔法を覚えることができるカードだったの」

「は？」

想像もしていなかったハルの言葉に呆然とする。俺が今までに手に入れたカードは7枚。俺が今使えるのは最初に覚えた【スピード】とカードで手に入れた【チェイン】だけで、残りのカード6枚からは何のスキルも魔法も得られていないことになる。

「あのね、おにい。そのカードを使って私たちはしっかり魔法もスキルも覚えてたんだよ。ただ、何を覚えたかがわからないから使えなかっただけ」

「じゃあ、何でハルは自分がスキルを使えることを知ってるんだ？」

今、ハルが言ったことが事実ならハルもカードの効果について知ることはできないはずだ。

「カードを霧に変えるときに、何なんだろうって考えちゃうでしょ。で、そしたら消える途中に一瞬だけ頭の中に文字が浮かんだの。『解析』のスキルカード（使用済み）って。一瞬だったから途中までしか読めなかったけど、多分スキルを覚えてからカードが霧になるまでのタイムラグで『解析』しちゃったんだと思うんだけど。だとしたら発動条件は考えることだと思う。普通に『解析』って口に出してもいいかも」

「で、スキルはダンジョン内じゃないと使えないから、確かめに行こうということか？」

「だと思ってたんだけど、このスキルはここでも使えるみたいで。さっき自分を『解析』しちゃった。おにいの『解析』は本人の許可が必要みたいでまだしてないけど」

「へぇー、ハルのステータスは？」

「私が今までに手にしたスキルカードは6階層から14階層の雑魚からドロップしたのも合わせて8枚でスキルと魔法は合わせて10個あってこんな感じだった」

名前　：ハルカ

技能　：魔法・工作
魔属性　：爆・（電）・（崩）
レベル：44
強度　：51
魔量　：102
スキル：解析
魔法　：ボム・タイムボム・インパクト・ナンバー・（プラズマ）・（亀裂《きれつ》）
パッシブ：魔力回復・察知《さっち》・工作

「おぉ、案外詳《くわ》しく載《の》ってるんだな」

「うん。当たり前だけど現実にはＨＰなんてないんだよね」

「どんなにＨＰが高くても首切られちゃ死ぬからな。となると強度ってのは力か、いや他のステータスはないから体の純粋な丈夫さだろうな」

「だから、ステータスで筋力とか速さはわかんない」

「じゃあ、括弧《かっこ》の付いた魔属性は何だ？」

「んー、たぶん持ってるけど使えない、みたいなのかな？　魔属性を変えないと【プラズマ】と【亀裂】も使えないのかも。ちなみに『解析』のスキル自体はこんな感じ」

『解析』
種類：スキル
クールタイム：1ｍｉｎ
ステータスを持つ物や者の特性を制限付きで閲覧《えつらん》できる。

「というわけで、さあおにい。私にステータスを見せるように念じて」

「了解」

――ハルにステータスの閲覧を許可する。

と念じていると、何かが自分の中から引っ張り出されるような気がした。

「いいよ、おにい。今から紙に書いていくから待っててね」

名前　：トウカ
技能　：付与・合成
魔属性　：無・(呪)
レベル：45
強度　：57

魔量　：93
スキル：隠密《おんみつ》
魔法　：スピード・パワー・ガード・バインド・チェイン
パッシブ：把握・加速・合成

「なんか、普通だな」

「そうだね。私のもそうだったけど、ただの魔法使いだよね」

「どちらにしろ今日はもうダンジョンには潜らないし、ゆっくりしようか」

今考えてもどうしようもないので、とりあえず昼ご飯を作り始める。

自分たちがスキルを持っていたことが判明してからは、まだダンジョンに行っていない。家にいて、その間にかなりの数のアイテムをハルに『解析』してもらった。

今まで気になっていたことも含め、様々なことがわかった。

最初は黒曜石のような石。『解析』の結果は、

『魔石…ダンジョンの欠片《かけら》』

わかったが理解はできなかった。

次はたくさん入る壺で、

『空間の壺…空間を捻《ね》じ曲げることで5トンの質量まで収納可能』

そして最後に武器を出す指輪で、

『宝具《ほうぐ》トウカ1…トウカにしか使えない（レベル×10秒だけ使える）クールタイム24ｈ』

ちなみにハルの指輪は、

『宝具ハルカ1…ハルカにしか使えない（レベル×10秒だけ使える）クールタイム24ｈ』

所有する者の名前になることがわかった。そして自分以外には使えないと。

あとはステータス関連。魔法やスキルの説明は名前でわかるようなことだけしか書いてなく、威力や範囲、効果時間はわからなかった。

ただし必要とする魔量がわかったのは幸いといえる。

調べてみた結果、魔法の使用には魔力が必要で、スキルは何回でも使えるが、クールタイムが存在するということらしい。そしてこれらはいくつかの例外を除き、ダンジョン外では使うことができない。

さらにパッシブとは常《つね》に発動しているスキルであり、ダンジョン外でも発動し続けるようだ。そうすると自動迎撃などの攻撃性のあるパッシブはないだろう。自動防御《ぼうぎょ》ぐらいならあるのだろうか。

そして最後に見覚えのないクラス。いや、技能であるらしいがハルと俺にそれぞれ『工作』と『合成』のステータスが追加されていた。人化牛を倒したことで出現したもののようだ。そしてその技能と同様のものが、二人のパッシブにもある。パッシブにあったスキルを『解析』

すると、

『工作…ダンジョンのアイテムの加工・分解が可能』

『合成…ダンジョンのアイテムの合成・変換が可能』

となった。まったくもって意味がわからない。ダンジョンのアイテムの加工なんて今までもやってきたことなのに。と言いたいのだが、ハルが不思議なことを発見した。
猪の角を加工して作ったカードは『解析』できなかったのだ。勿論猪の角は『解析』できたのでアイテム自体に問題はない。結果は『下級猪の角』だった。

それについてはハルの考えによると、『解析』はステータスを持つものを『解析』できるのだから、自分の手で加工したものはステータスがなくなるのでは、ということだった。

だとすれば加工のスキルを持っている状態で行うと、ステータスを維持《いじ》したまま加工ができるのではないか、と。

こうして昨日の大半はそんなことを調べるのに費《つい》やし、今日は実際に使ってみての検証というわけだ。俺のメイン武器は鉈。ただし前に使っていた、斬ることも刺すこともできるやつではなくて、倉庫に眠っていた叩き割るためだけの鉈だ。使いづらいがしょうがない。ちなみにハルはいつもの鉈と鉄パイプだった。

とりあえず、10階層のボス部屋の前に転移してモンスターを狩っていく。魔法の検証もあるため、俺の付与をかけられたハルが敵を鉄パイプで殴ったり魔法で木《こ》っ端微塵《ぱみじん》にしているのを眺《なが》める。

たまに【バインド】を使ってモンスターの動きを止めたりもしている。ハルの魔法の【亀裂】は働かなかったが、新たに手に入れた【インパクト】は強かった。

数体の敵であれば一瞬で吹き飛ばすし、音の影響で発生した30匹ほどのモンスターさえ、俺が【チェイン】をかけた状態で、ハルが【インパクト】を放つと、たった一撃で全滅したのだった。爆破攻撃を伝染させたのだが、爆発の直撃を逃れたモンスターに次々と爆発が伝染していく様《さま》は圧巻《あっかん》だった。

そんなこんなで新しいスキルや魔法の実験は終わり、10階層に戻ってきてボス部屋に入る。そして今日のメイン、切り札となる指輪の実験だ。レベル×10秒なのだから俺たちが使えるのは約５００秒。そしてクールタイムに一日も取られるのだから相当強いはずだ。

「じゃあ、まずは俺がやるから手を出さないでくれ」

ハルと一緒にボス部屋に入ると黒狼の前に立ち、俺だけが指輪に魔力を通して大鎌を出す。

「行くぞ。【スピード】【パワー】【ガード】【チェイン】――【バインド】」

【バインド】だけを少し後に出し、それと同時に正面から突っ込んでいく。【バインド】の効果で地面にできた魔法陣から少量の茨《いばら》が飛び出して黒狼を縛り上げる。俺たちの上がったステータスなら、一瞬でできることだった。

「せいっ!!」

おかしなかけ声とともに大鎌を振り抜くと、たったそれだけで黒狼の首が飛んで真っ二つになり、【チェイン】の効果で体中が切り刻まれる。

「オーバーキルだな。はぁあ。威力がやばい」

「おにい、やりすぎでしょ。次は私だからボス部屋出るよ」

ハルに押されて部屋から出ると魔法陣を通って門の前に戻り再びボス部屋の中に入る。黒狼は元気そうにこちらを睨《にら》んでいる。ハルはモーニングスターを出し構える。

「行くよー、【インパクト】【ディカプル】あ、やば」

ハルの魔法はあっという間に黒狼に届きそのまま爆散させた。ハルはそのまま何事もなかったかのように俺のところへ戻ってくる。

ちなみに【ディカプル】は10という意味で、【ナンバー】という魔法の詠唱《えいしょう》だ。この魔法だけは魔法の名前自体を唱《とな》えるのではなく数字を唱える必要があるらしい。ちなみに日本語や英語で言わないのはそちらの方がかっこいいからのようだ。

「おにい、魔力使いすぎた。それとこの武器、魔法陣入ってるみたい。威力は2倍以上かな。私の作ったのより効果が高いみたい」

「そんなこともあるんだな。じゃあ、武器もあり合わせのものしかないし今日は帰るか。確かあと1週間でダンジョンが開放されるみたいなこと言ってたから、それまでゆっくり『工作』と『合成』をやろう」

「そうだね。たまには息抜きする」

「じゃあ、帰りますか」

強くなっても気持ちは変わらず娯楽《ごらく》のために動いていく。そして誰にも知られずに到達した日本最強という称号に、本人たち自身も気づいていないのだった。

◆

4月。遂《つい》にダンジョンの一般公開が始まる。公開されたダンジョンは9カ所あり、千葉のダンジョンに限っては政府が探索者の安全を守るため、新しく設立したダンジョン省の管理下に置いた。

ダンジョン産業の経済効果が予測される中、ダンジョン封鎖《ふうさ》を言い渡された千葉県知事らの抵抗は強かったが、何とか無事解決し、千葉ダンジョンは封鎖された。

ダンジョンを探索するための『ダンジョン探索免許《めんきょ》』の取得が必要になった。試験は3月の第4月曜日から行われた。午前中に授業を受け、午後には習ったばかりの学科試験と、実技試験が行われる。

実技試験は体力や運動神経を見定めるものではなく、一定の距離を走った後休憩《きゅうけい》を取り、再び走り出す。単にこれを3度繰り返すというものだそうだ。その中で、最初から手を抜いていたり体力を使い過ぎたり、疲れを見せてしまった人は不合格となった。

この免許を取るには義務教育修了が最低条件であり、それ以外にも様々な制約があった。

ちなみに、何故十代の若者にもダンジョン探索が許可されるのかというと、若者の方が柔軟性が高く適応しやすいことや、ダンジョン自体が安全マージンを取ってさえいればそこまで危険なものではないとわかったからである。

実際に実験的ダンジョン探索でも切り傷以上の怪我《けが》をした者はいなかった。ただし、18歳未満の探索者の『ダンジョン探索免許』は保護者の意向で免許停止にすることができる。

試験では、運動がどれだけ得意な人でも協調性が見られない場合は落とすようで、合格者はサッカーやバスケなどのチームスポーツの経験者が多かった。

しかし、特別な経験など必要としない試験であるため、スポーツをやっていない者も多数合格している。結局筋力に関してはダンジョンに入ることができればステータスで皆平等に上がることもあり、試験では協調性や冷静な状況判断能力が重視されているようだ。現状、ダンジョン探索試験の合格率は1割ほどであり、命を懸《か》けることの重みが窺《うかが》われる。

合格者はダンジョン探索者の印《しるし》である『ダンジョン探索許可証』を購入することができる。『ダンジョン探索許可証』を所持《しょじ》していると、ダンジョンへの侵入及び、武器の携帯《けいたい》が許される。

ただし武器に関しては厳重に管理しなければいけない。武器を持った状態でダンジョンとは全く関係のない場所に向かうなどの不審《ふしん》な行動があった場合は『ダンジョン探索許可証』の許可範囲から外れるため、銃刀法違反で拘束《こうそく》または逮捕される場合もある。

　武器を使う場合には申請《しんせい》が必要であり、それがなされていない武器の所持は認められない。とはいえ、ダンジョンにおいて自分の武器の特徴を周囲の人に知られるのは不測《ふそく》の事態も起こりうるため、武器種のみの申告となっている。ただし、武器を買う時点で本人確認がされているため、国が調べれば容易に誰がどの武器を使っているかはわかるそうだが。

　今のところ、ダンジョン探索はまだ一般開放されてはいないが、事前に行われた試験的なダンジョン開放において、ダンジョン探索を行ったのは5つのパーティ――。

『勇者御一行』『大和撫子《やまとなでしこ》』『葡萄《ぶどう》会』『上腕二頭筋《じょうわんにとうきん》』『893《パックサン》』

　これらのパーティは5階層のボスを討伐《とうばつ》しており、ダンジョン内の事故などにより自衛隊の最強パーティを失った今、日本最強の探索者となっている。


「ふーん。どうせ俺たちは人数制限で試験さえ受けられてないからこんなん読んでても意味ないんだがな」

「いや、おにいは忘れっぽいからしっかり見て覚えといて。今、一番強いパーティの名前も」

「皆変な名前つけてるよな。俺たちもダンジョン探索免許を手に入れたらパーティ登録することになるんだよな。名前は何がいい？　ハル」

「なんでもいい。ダサくなければ」

「だよな。どうせ二人だし。さて、今日こそダンジョン行きますか」

「うん。どうせ、そんなに強い敵じゃない。久しぶりだから楽しみ」

俺たちは人化牛を倒した後、武器がないことと新しいスキルや魔法などの検証が必要だったため本格的な探索ができていなかった。

今日でそれも2週間。新しく得たスキルなどを使って武器を作ることもできたので、今日からそれを使ってまともな探索を始める予定なのだ。

とはいっても、もともと金がない俺たちに高額な武器を見繕《みつくろ》うことはできない。ただでさえ、『ダンジョン探索免許』を取るための費用が嵩《かさ》んでいるのだ。今回は仕方がないから大事な貯金を切り崩すことになっている。

残念ながら公共のダンジョンに入るには私服では駄目なのだ。しっかりと装備をそろえなければいけないが、安いものにしてもそれだけで二人合わせて20万はする。

それに加え、理由はわからないがダンジョンの1階層から5階層まではアイテムのドロップがない。ダンジョンに潜れるようになったとしても、すぐにアイテムを売り出してお金を稼《かせ》ぐことはできないのだ。

少なくとも最初のひと月あたりは。

つまり金儲《かねもう》けの手段がしばらくはない。だから、。

「ダンジョンアイテムをこっそり市場に流すしかないんだよな」

「お金儲けのこと？　難しいと思う。すぐにバレて特定されちゃう」

「そうなんだよな。ダンジョンを利用した金儲け、なんかないか？」

「うーん、ダンジョンで採《と》れた金属を売るとか。たしか鋼《はがね》があったよね」

「鋼はあるんだけどな。でも基本的に鉄って大した値段にならないぞ。貴金属にしてもまだ見たことはないし、そもそも子供だけで金とかが売れるのかって問題もあるんだよな」

「んー、つまりは打つ手なし」

「だな。よし準備できた。じゃあ、組手から行くか」

「ん」

俺たちは庭に出ていつも通り組手を始める。ダンジョン内に比べると圧倒的に動かないその体は、自分たちの欠点がよく理解できるのだ。無駄が多い。

無駄に助走をつけ、無駄に大きく躱す。無駄に相手の攻撃を受け止め、無駄に振りかぶる。

パッシブスキルの影響か、何が無駄かわかるようになっていた。見える見えないに拘《かか》わらず相手の居場所や数、大まかな強さを察知する『把握』と『加速』の相性《あいしょう》がとてもいいことを自分の覚えているスキルが何かを知って実感した。

組手はいつも通りすんなりと終わり、俺たちはダンジョンに入る。

「まずは肩慣らし？」

「そうだな。ブランクが長すぎていきなり新しい階層に行くのは怖すぎる。まずは15階層の入り口に跳んでそこから14階層の探索だな」

「私も武器が違うから心配だしね」

現在俺たちが持っている武器は俺が手斧《ておの》で、ハルがスコップという組み合わせになっている。しかも2週間の間研究した『工作』と『合成』により改造が施《ほどこ》されていて、前に人化牛戦で使った時よりも強くなっている。

当然のごとく服や靴も改良済みだ。靴に関してだけは下手に改良すると歩きづらくなってしまうので手を加えていない。せいぜい蜘蛛《くも》のモンスターがドロップした糸を使って補強するぐらいだった。

武器の改造については『工作』と『合成』のスキルが驚くほど役に立った。ハルの『解析』を『工作』と『合成』に使い、効果の細部まで調べ、そして実験を重ねることで、このスキルはかなりの強スキルだということがわかった。

まずは『工作』。これは予想通り魔力を伴《ともな》った物の加工ができるようになるスキルだった。そして、『工作』スキル持ちがドロップアイテムに触れると柔らかく感じ、加工しやすくなるそうだ。

それとは逆に、柔らかすぎるドロップアイテムを持ったときは硬くなったような気がするという。このスキルを使用してハルが魔法陣を描いたカードにはこれまでのものとは違い、『解析』を使うことが可能だった。

『平面型魔力媒体《ばいたい》陣…魔力の流れを良くすることで魔法の威力を上げる簡易《かんい》的な魔力媒体』

思ったよりも難しい名前だったから魔法陣と呼ぶことにする。

威力については検証済みで、『工作』スキルを持っていなかったときに作った魔法陣と比べると威力はそのまま、一回の魔法に使う魔力が減った。長時間の戦闘や魔法の使用ができるようになるので純粋に嬉しい。

次に俺の『合成』スキルだが、正直微妙だった。スキルの説明欄《らん》をさらに『解析』した結果、物から物へ何かを移すみたいな力であることがわかった。

ということで黒狼の角が、店で買った手斧の金属部分に行くように『合成』を行う。すると斧の金属部分は少しだが黒っぽくなった。そして元はダンジョン外の物なのに斧の金属部分のみ『解析』ができた。

『黒狼鉄…黒狼の魔力が宿った鉄』

あっさりとした説明。だが、黒狼の角が強いことは前から理解している。さらに朗報で、俺が黒狼のドロップ品として使っていた今はなきナイフ。

前回の人化牛戦の後、ハルがしっかりと持って帰っていて、『解析』したところ『黒狼鉄のナイフ』だったらしい。つまり俺の斧はそれと同じような性質ということだ。

ハルのスコップは持ち手まで金属なので全面黒っぽい金属になり、俺の斧の手持ち部分は別のモンスターからドロップした木材と『合成』して強化しておいた。残念ながら、木の部分を金属と『合成』することや、その逆もできないことがわかった。

そんなこんなで、二人とも助け合うことで、今までとは比べものにならない強い武器ができたのだった。ただ一つ文句を言うならば、

「前のバールや鍬の時も思ったけど、戦うために作られた武器じゃなくて農具だから、手に全くなじまない」

「おにい、今更《いまさら》仕方がないことに文句言わないの」

俺たちはたとえブランクがあっても軽口をたたきながらダンジョンに潜るのであった。

◆

「転移、15階層入口」

そう口に出しながら転移の間にある魔法陣に乗ると、一瞬の浮遊感と共に視界が変わる。

「おにい、行くよ」

ハルはさっさと階段を上り14階層へ行く。勿論ダンジョン内でハルを一人にするわけにはいかないからついていく。敵の数はどれくらいだろうか。そんな心配は杞憂《きゆう》だったようだ。

道の向こう側から10体の影が見える。

「おにい、来たよ。私やるから【スピード】だけよろしく」

「半分残しておいてくれよ。【スピード】」

「狼か、幸先《さいさき》いいな。ちなみに『解析』の結果は？」

「レッサーウルフ。多分ダンジョンの中ってあんまり種類がないと思う。せいっ」

ハルはかけ声と共に地面を勢いよく蹴ると、あっという間に狼の群れの中心に立つ。そこにいた狼の首を吹き飛ばして。

「えりゃー!!　あ、やりすぎた」

そのまま半回転するかのように武器で薙《な》ぐ。一秒にも満たない攻撃。たったそれだけで、6匹の狼が死んだ。

「ちょ、半分残しといてって」

ハルに不満を述《の》べながらも『隠密』を使って敵の背後に回り、斧を手に取れば勝負は一瞬で片が付く。ハルのようにまとめて攻撃をするのではなく、一体ずつ素早く首を落としていく。

「ブランクとか関係なしに弱い」

「ちょっと。いや、かなり弱すぎだな。軽く人化牛でもやってみるか」

「そうしようか。はぁ」

そうと決めたらさっさと15階層に降り、門を開ける。

中には前回と同じように岩に腰かける人化牛がいた。

「じゃあ、最短クリアで。【パワー】【スピード】【バインド】」

魔法陣が現れ、俺たちを強化し、茨が人化牛を数秒縛りつける。

「最短ね。【インパクト】【ディカプル】」

「グギャァァアー!!」

人化牛は剣を手に取ろうとするが、その手を茨に縛られて取ることができない。そして魔法による爆発が全身を焼き、武器を遠くまで吹き飛ばしてしまった。

「「せーの」」

人化牛は爆発の煙の中、前後から上がる声を聞き、顔を上げる。目の前には金属の突起《とっき》。言わずもがなハルのスコップだ。スコップは避けることも受け止めることもできず首にぶつかり、突き刺さりはしないものの硬い表皮を切り開き、そして——。

「終わりだな」

後ろから回り込むように伸びてきた斧が、スコップに斬られた表皮の隙間に入り込み、次の瞬間には、人化牛の体と頭は離れ離れになっていた。

「あー、終わった。人化牛って武器取るのさえ防げばそんなに強くないね」

「まあ、そりゃあ武器がなきゃ弱いだろ。ドロップ品は、斧と肉か」

「残念だけどこんなに大きな斧は持って帰れない」

ハルが言うのは全長1メートルほどの斧。俺が使ってる手斧とは似ても似つかない見た目をしている。

「持って帰れないから、ここに破棄《はき》だな。その代わりに肉は持って帰ろう。ボスの肉だし美味《おい》しそうだ。じゃあ、16階層行くか」

「うん、もうちょっと手ごたえがある敵が欲しいね。ん？　ねえ、おにい。この斧持って帰った方がいいかもしれない。15階層の出口に置いといて、帰るときまだあったら持って帰るってことでどう？」

「まぁいいけど。何でだ」

「この斧『解析』してみたんだけど、気になることが書いてあって」

ハルはそういって自分が『解析』で得た内容を説明してくれた。

『鋼の戦斧《せんぷ》：鋼製の戦斧（スキル：強斬《きょうざん》）』

「何だこれ。武器にスキルが付いているのか？」

「たぶんこの斧持つと使える。知らないスキルだけど、名前からして凄《すご》そう」

「まぁ俺たちは人化牛のスキルなんて最初の奴しか見てないんだけどな。ま、どちらにしろ持って帰った方がいいのは事実だな。よいしょっと」

試しに斧を手に取ってみれば、思ったよりも楽に持ち上がった。それは、それだけ自分のステータスが上がっているということに他ならない。ただこんな大きな荷物を持っていれば戦闘が難しいのも事実。

魔法陣に乗り15階層の出口に跳ぶと、壁に斧を立てかける。

「じゃあ、行くか」

「うん」

俺たちは16階層への階段を降りていく。降りていく。降りていく。

「長くね？」

この時点でいつもの階段の5倍の長さは歩いてるぞ。

「そろそろだよ。風が通ってきた」

「それはおかしいだろ。ここは洞窟《どうくつ》なんだ。風は通らないぞ」

ダンジョン内ではどういう仕組みか物を燃やそうが問題なしに呼吸ができる。

だが、今までダンジョン内で風を感じたことはなかった。

そこからさらに通常の階層の数階分ほど降りていく。

「あー風だな。俺の『把握』にも反応した。空気の流れとかじゃなくて、環境が大きく変化したとしかわからんが」

だんだんと肌で風を感じられるようになり、光が見えてくる。

ここは人智の及ばないダンジョン。風があって、ダンジョン内にしても明るすぎる。多分16階層は……。

俺たちは階段を降り終え、広間のようなところへ出ると、光が射《さ》し込んできている横側へと洞窟を進む。

「「野外ステージ」」

洞窟を抜け、光の下に出ると周囲には高く立ち並ぶ木々。暗くはならないように整備されているところにダンジョンらしさを感じる。振り返れば天井まで続く大きな崖《がけ》。いや、壁か。

「おにい、天井がおかしい」

ハルに言われて木の間から上を見上げると、遙か高くにごつごつした白い岩でできた天井。そしてそこには大小さまざまな強烈な光を放つ石のようなものが貼り付いてた。光が強く直視できないので、石のようだとしか判別できなかった。

「ハル、あの石の『解析』結果は？」

「遠すぎて無理。数メートルしか届かない」

「さすがに遠すぎるか。というか案外『解析』の効果範囲って狭いんだな」

そんな感想を漏《も》らしながら周りを見渡す。まず思ったことは静かすぎること。普通の森はここと違って虫の声がするし鳥も鳴いている。しかし、ここにいる生物はモンスターだけなのだから全く声がないような……いや、少しはある気がする。ただその数が少なすぎるだけ。

「おにい、お出まし」

「あぁ、久しぶりだな。ホブゴブリンだよな」

最初に俺たちに近づいてきたモンスターはゴブリンだった。ただし体格は厳《いか》つくでかい。

階層のボスとして存在したホブゴブリンとほとんど同じだった。ただ違うところは4匹で群れを作っていること。

「【インパクト】」

ハルがスコップを前に出して唱えると、瞬《またた》く間にホブゴブリンが弾《はじ》け飛ぶ。

「やっぱり敵じゃないな。弱い奴しか、いない？」

俺がしゃべっている途中、頭上に凄まじいスピードで影が通る。同時に『把握』スキルの範囲内に大きすぎる気配が通った。サイズが、じゃない。威圧感《いあつ》が人化牛とは別次元だった。

「おにい、ちょっとあれはやばい」

「あぁ、さすがにあれは勝てる気がしないぞ」

俺たちが見たのは翼の生えたトカゲ。

いわゆる飛竜《ひりゅう》だった。

距離の問題で『解析』が使えないため、正確な強さはわからない。ただ……。

「あれの強さは多分」

「人化牛10体程度なら瞬殺《しゅんさつ》できる」

「おにい、試したいことがあるんだけど。【パワー】と【チェイン】を私にかけて。全力で」

「ん？　わかった。【パワー】【チェイン】」

ハルの体が光る。ハルは静かに上を見上げている。

「おにい、協力して。【チェイン】で私のスキルとおにいのスキルを伝染させる」

「どういうことだ」

「おにいの『把握』に私の『解析』を乗っける。あの竜を『解析』してみたい」

「わかった」

俺たちはその後の危険を考え、すぐに逃げ込めるよう森林への入り口であった洞窟の前に立ち、再び上を見る。上空を飛ぶ飛竜が最も近くなる瞬間に、『把握』スキルを強く意識する。

そして飛竜の姿を正確に『把握』すると同時に、俺の体を魔力が流れ散っていく。

その時だった。飛竜がこちらを見たのは。

「【スピード】」

慌てて自分とハルに付与して、ハルの手を握り洞窟の中に飛び込む。それでも止まらない。洞窟の奥まで行き階段を上る。あの飛竜では体が大きすぎて洞窟には入ってこれない。もう安心だ。そのはずなんだが。

「『ギャァァアア!!』」

強大な力の乗った声が、魔法のような風と共に洞窟の外から襲ってくる。

「大鎌」「モーニングスター」

俺たちは考えることもなくただ勘《かん》で宝具を取り出す。そして全力で振るう。壁にひびを入れ砂煙《すなけむり》を上げ、とてつもない速さで近づいてくる魔力の奔流に向けて。

「んなっ!!」

宝具はいとも簡単に弾き返された。魔法でも何でもないただの魔力の奔流に。当然のように魔力の奔流は階段の途中にいる俺たち吹き飛ばし、壁に押しつける。魔力で圧迫されて声さえ出せないまま——。

意識を保てたのはそこまでだった。


どこからか声が聞こえる。体が揺さぶられる。

「おにい、おにい」

あ、ハルが起こしに来たのか。珍《めずら》しいな。いつもは俺が起こしてるのに。ハルは何かと朝が弱いのだ。

うん、そろそろ起きるか。にしても体の節々が痛む。これも硬いところで寝たからか。

ん？　硬いところ？

「おにい!!」

「あぁ、起きた。ってか、ここどこだ」

俺がいた場所は周囲が岩に覆《おお》われた空洞《くうどう》。その中心には岩でできた螺旋《らせん》の階段があった。

「え、記憶ない。ど、どうしよ。私のことわかる」

ハルが慌てているのを尻目《しりめ》に少し考える。そして思い出した。

「確か飛竜に吹き飛ばされて気ぃ失ったんだっけ」

「あ、よかった。記憶はあるね。骨も折れてなさそうだし。体の調子はどう?」

とりあえず起き上がって伸びをする。体がバキバキと音を立てた。ただ固まった体がほぐれていく音というだけなのだが、言葉にすると骨が折れてるような擬音語《ぎおんご》になった。

「問題ないな。硬いところで寝たせいで、体が固くなってるけどそれだけだ。で、今は何時だ」

バッグから懐中時計を取り出して時間を見る。時計の針は見事に止まっていた。ネジを回してみるが壊れた様子はない。ということはつまり。

「ハル、早く帰るぞ。かなり寝すぎた」

俺の懐中時計は少なくとも24時間は動き続ける。それが止まっているのだ。それに加え、相当腹が減っている。つまりはそういうことだ。

「俺たち、24時間以上寝ていたかもしれない」

「え?」

説明することもなく急いで帰り始める。空腹で歩くのも辛《つら》いので代わりにポーションを一瓶飲んでおいた。ハルも同じようにしている。

急いで帰ると言っても長い階段を上り15階層出口で転移をするだけだ。ちなみに置いて行った人化牛の斧はなくなっていた。

1階層に戻ってくると特に何も起こらず家まで帰ってこれた。

時間は15時。

昨日家を出たのが10時なので29時間もダンジョンの中にいたというわけだ。

「帰ったー」

ハルは一言そう宣言するとすぐに装備を外し、食卓につく。

「おにぃー、早くご飯作って」

「わかってるよ」

俺もお腹《なか》が空《す》いているので手間はかけずに、昼だがステーキを焼く。

当然ダンジョン産の肉で。

軽く塩で味付けをしたそれは、とてつもなくお腹が空いているせいでいつも以上に美味しく感じる。追加を焼いたり、サラダを黙々と食べ続けたりして、それでもあっという間に食事を終える。

それから他愛《たあい》のない話をしながら食器を片付ける。そして俺たちはどちらからともなく再びテーブルに戻った。

「じゃあ、おにぃ。昨日は危険な目にあわせてごめん。で、それでわかったことがある」

「あぁ、昨日のことは俺も提案に乗ったわけだから、誰が悪いというわけでもないだろ。で、わかったことは『解析』の結果だよな」

「うん。『解析』は、対人だったら許可制で、対物だったら一定の範囲までのステータスとかの説明を見れるの」

「それは何度もやったからな」

「モンスター相手には相手の強さに拘わらず戦力っていうのが見えるの」

「あぁ、それは前に聞いた気がするな。強度と魔量の合計だったか」

俺はハルから戦力に関する話を聞いたことがあった。魔量と強度の合計で俺たちはおよそ150。人化牛は160だったらしい。ただし人間もモンスターも武器を使うため、あまり参考にはならないと。

「で、つまりは飛竜の戦力がおかしかったと？」

「うん。飛竜に『解析』を使った時の結果がこれ」

ハルがささっと紙に書き、こちらに見せる。

『風龍《ふうりゅう》リムドブムル…戦力1050（森林階層ボス）』

「は？」

「おにい、これが現実。私の見間違いじゃない」

「これ桁《けた》間違ってんじゃねえの」

思わずそう言いたくなるほど大きすぎる戦力だった。

「そんなわけない。105だったらおにい一人で勝てる」

「だよな。道理で勝てる気がしないはずだ。今のところ戦力の合計は大体レベルの3倍ちょいだろ。飛竜と同じになる頃にはレベル350とかだぞ」

「戦力は当てにできない。スキルと魔法。それと武器で差は減らせるから」

「まあ、でも今の状態では歯が立たないよな。で、森林階層ボスってのは、どういうことだ？」

「16階層以降は今までみたいに1階層ごとにだんだん強くなってるわけじゃないってことかな？」

「だとしたら厄介《やっかい》だよなぁ」

色々重なる予想外の事実に思わず脱力してしまう。しかしそれでもやれることは同じなわけで。この程度のことでダンジョン探索をやめようとは思わないほどにダンジョン探索という娯楽に嵌まっていて。

「明日も16階層行くか」

「うん。ドロップアイテム楽しみ」

そうして俺たちはいつもの日常に戻り、俺はある場所に電話をかけるのだ。

『ちょっと、木崎《きざき》くん。確かにここは田舎《いなか》でお客さんも少ないから僕一人でもなんとか回せるけどね。来れないんだったらしっかり連絡しなきゃダメだよ』

「店長。ほんとに連絡なしにバイト休んですみませんでした」

気を失っていた俺は当然のごとく翌日にあったはずのバイトをさぼってしまったのだった。

「えりゃ。うりゃ。【亀裂】」

「グギャァ」

複数のモンスターたちが空間に入った亀裂により体を切り裂かれていく。断末魔の声を上げながら抵抗する間もなく死んでいくモンスターたち。何でこうなったのかは、とある事情と幸運が重なったからなのであった。

◆

俺たちはまた16階層に戻ってきていた。そしていくつか気づいたことが。16階層への階段を降りた先にある空洞の隅《すみ》に魔法陣があった。勿論転移の魔法陣だ。それを使いここの名前を確かめてみると、森林入り口。だそうだ。

森林の中に出てくる敵は、今までと違うものが多かった。

狼のモンスターは今まで出ていた灰色《はいいろ》の奴ではなく、見た目、茶色っぽくなっていて森の中では若干《じゃっかん》見えにくくなっていた。他にも、見えないどころか『把握』のスキルにも反応しないカメレオンがいたりとか。

まあ、とにかく敵の種類も数も豊富だ。そしてその全てが強い。皮膚が硬く、武器を軽く振るうだけでは一撃で倒すことができなかったのだ。

一匹ずつ確実に首を落としていくしかない。ハルも何やら魔法を使おうとしていたが、頭上をリムドブムルが飛んでいるため、ストップをかける。もし何らかの要因で刺激してしまったら大変である。

ということで、爆発魔法を使うのはやめさせたのだが、それだと攻撃手段が減るということでハルが色々と試行錯誤してみたところ魔属性の変更ができてしまった。そのおかげでハルの今のステータスはこうなってしまっている。

名前　：ハルカ
技能　：魔法・工作
魔属性　：崩・(爆)・(電)
レベル：44
強度　：51
魔量　：102
スキル：解析
魔法　：(ボム)・(タイムボム)・(インパクト)・ナンバー・(プラズマ)・亀裂
パッシブ：魔力回復・察知・工作

魔属性が変わったことにより使える魔法が変化したのだ。それは見てわかる通り、敵を空間ごと切り裂く魔法【亀裂】。その威力がえげつない。

その魔法に強度は関係なく、魔量が高くないと抵抗すらできない。物理防御無視の攻撃だった。そんな魔法が使えたら一体どうなるのか。それが現状である。

その代わりに【インパクト】などの爆属性の魔法が使えなくなっていることには注意しなくてはいけない。

「おにい、次行くよ」

ハルはいつも以上に元気に声をかけてくる。

「行くけどさ。殲滅早すぎだろ。モンスターを倒す速さは俺の倍ぐらいか。俺も魔法使った方がいいのかね」

そんなことをぼやきながらハルについていく。ただこんなことを言っている割に、俺は魔法を使っていない。使っているのは『隠密』スキルだけだ。敵の背後にこっそり回り込んでから、斧で首を掻《か》っ切るというのがかっこよく思えて、断末魔の声を上げさせないためにも便利で多用してしまっている。そのせいで殲滅速度が遅いのはご愛敬《あいきょう》だろう。

それからは狩場を16階層に変えただけの普通の日常が過ぎていくのであり、特に思うところもない地味な日常が流れていくのだが……。そんなことが長く続くわけもなく、次なる問題が起きる日は、案外近いのだろう。

◆

最近俺たちの趣味がダンジョンの検証になっている気がする。ダンジョンという存在自体が不明瞭なため、検証がいくらでもできるのだ。

そして今、俺とハルが話しているのが、狩りの効率化。俺たちがスキルカードの有効性を知ってから入手できたカードはない。そもそもカードのドロップ率が異様に低いのだ。1パーセントを余裕で下回るどころか、おそらく0・1パーセントもないだろう。

というわけで戦力増強には新しいスキルカードの入手が不可欠ということになり、まずは狩りの効率化が必要という話になったのだ。そして森林で大量の狩りを行った後、何故か地中に敵の気配を感じ取ったのだ。

「転移したら石の中だった。みたいな?」

ハルはそんなことを言っているが、そんなはずはないだろう。現在進行形で地面の中を動いているし。というわけでハルと手をつなぐ。やることはリムドブムルにしたことと同じ。

俺のスキルで地中にいる敵を『把握』して、それを『解析』にかけるというもの。異常に強かった時のために十分距離を取ってから行う。

「『解析』」

ん？　地面の中の気配が動いてこちらに向かってくる。やはり『解析』は使ったらバレるのだろう。そんなことを考えながらも気配をしっかりと『把握』し、回避行動に移る。

「名前は土竜《ドリユウ》で戦力は３００だった。竜だって。気をつけて」

俺に引っ張られながらハルは結果を報告してくれる。確かに気をつけなきゃいけないほど強いんだけどさ。

地面から茶色の体毛に覆われ鋭い爪を持ったネズミのような形の巨体が現れる。

「ハル、土竜はドリュウじゃなくてモグラって読むんだぞ」

一言そう教えて土竜と向かい合う。

「加減はするな。全力を出し切れ。死んでもおかしくない相手だからな。とりあえずは様子見で行くぞ」

俺たちは武器を構え、再び強者と相《あい》まみえる。

「じゃあ、行くぞ。【スピード】【パワー】【ガード】」

いつも通りハルにも付与して、俺は前衛《ぜんえい》として突っ込む。とはいえすぐに斬りかかりはしない。相手の様子を見ながら攻撃パターンを探るのだ。

土竜から距離を取って様子を窺っていると、土竜が動き出す。

「遅いな」

土竜の体は地中を進みやすいようにできているため、地上を進むのはどうしても遅くなるのだ。地上でも素早く動けるかと危惧《きぐ》していたので一安心だ。

敵の速さを確認したので、速度重視で土竜の間合いに突っ込む。このまま鼻に攻撃を加えるのは危険そうなので横に回り込んだが、『把握』により土竜の様子に違和感を察知したので地面を蹴って、早急に土竜の間合いから抜け出す。

「あっぶね」

その瞬間俺がいた場所には土竜の爪が通り抜け、地面を抉《えぐ》り取る。

「攻撃が速い。予備動作もほとんどなかった。よく避けれたね」

後ろで待機していたハルが近寄ってくる。

「力を溜めてからやったんだろうな。『把握』でわかったが、筋肉がゆっくり収縮していってた」

「わぁ、化け物。んっ【ボム】【セクスタプル】」

ハルは土竜の鼻先に魔法陣が現れたのに気づき、魔法陣の描かれたスコップをそちらに向ける。

土竜の魔法で生み出された7つの土の棘《とげ》はハルの魔法によって容易に吹き飛ばされた。

「遠距離でも戦えるのか。ハル、同時攻撃に切り替えよう。時間やるから魔属性を『崩』に変えて殴り込みで行くぞ」

「わかった」

俺は土竜の前に立ち、斧を持つ。

土竜は俺たちに近づくのを既に諦めているようで、再び鼻先に魔法陣が現れる。

「流れてる魔力がさっきより多いな。【チェイン】」

俺は近接戦闘のスキルを持たないどころか攻撃スキルや攻撃魔法を持っていないためハルに比べると殲滅能力が低い。だからこそ、それを少ない魔法と技量で補《おぎな》う。

【チェイン】の伝染をいつものように適当な範囲ではなく、飛んで来る魔法に固定しなければいけない。

再び魔法陣から土の棘が飛び出てくる。その数は9つだった。威力は、同じくらいか。

あえて飛んで来る魔法に自分から近づき、先頭の棘を叩き切る。全ての棘を同じように叩き切れればいいのだが速度不足に技量不足。加えて言うなら武器もふさわしくない。だからこそ一撃に力を込める。

斧で一つ目の棘を叩き切った瞬間に、ほかの棘にひびが入り伝染する。そして棘の間をすり抜けて、最後尾の棘に向かって斧を振り上げる。当然のようにその斬撃は伝染し全ての棘を破壊した。

「おにい、準備できたよ」

「了解、一気に行く、ぞっ!!」

思いきり地面を蹴り、前に向かって飛んでいく。そして土竜の間合いに入った瞬間、『隠密』を使用する。土竜側からすれば接近してくる敵の影を寸前で見失うことになる。その虚《きょ》をつくのだ。

「こっちだぞ」

一瞬で土竜の横に移動し声をかける。土竜は即座にこちらを向き爪を伸ばす。もう一人の存在などすっかり忘れて。

「【亀裂】えぃりゃ!!」

ガキーン
硬いものがぶつかる音が響き渡り、後ろからハルの全力の攻撃を受けた土竜は体勢を崩してこちらに押されて来る。

「【チェイン】」

再び【チェイン】を使用し、斧をその鼻に向けて打ちつける。ただし攻撃の伝染範囲を極度に絞《しぼ》って。一度の攻撃であらゆる対象に伝染させるはずの力が全て一カ所に集まったならばどうなるか。

ガキンッ
「ギュ――」

再び硬いものがぶつかる音が響き渡り、初めて土竜が悲鳴を上げた。しかし、

「これはやばい」

「あぁ、予想よりステータスが高いな」

俺たちは確かに敵の防御していない部分に向けて最大火力の攻撃をぶつけていた。それなの

に。聞こえてきたのは硬いものがぶつかり合う音のみ。硬すぎるのだ。

「こうなったら仕方がないよな。ハル、本気で」

斧を投げ捨てて手を下ろす。

「レベルは私が47でおにいは48だから。宝具の制限時間は8分ぐらいかな。いける？」

「無理だったらこいつには勝てないってことだな」

ハルもスコップを投げ捨てた。

「じゃあ、行くぞ」

「大鎌」「モーニングスター」

俺たちの手の中に宝具が現れる。前回リムドブムルの大声を防ごうとしたときに何となく察したこと。宝具はスキルや魔法を強化する。

あの時は【スピード】と【パワー】がかけられていたが、宝具を持っていたときはそれ以上の力が使えたような気がするのだ。

一か八かの検証を兼《か》ねての実践《じっせん》。そっとすり足で土竜の間合いに踏み込むとスキルを発動する。『隠密』。ただでさえその気配を隠すこのスキルは強化され、実像さえも覆い隠す。

俺の影が曖昧《あいまい》になり『隠密』スキルを知っていたにも拘わらず土竜は俺を見失う。ただ、土竜も学習するのだ。

全体に注意を向けている。先程までだったらこれで不意打ちはできなかっただろう。先程までなら。

俺はゆっくりと、そして軽やかに土竜の前に進み、全力で大鎌を振るった。

「ギューアー」

悲鳴が上がる。斬撃は浅かったようだ。しかし、目への斬撃に浅いも深いもない。当たれば大抵《たいてい》は失明するのだから。

「【亀裂】【ディカプル】せいやっ」

先程とは違うハルの正面からモーニングスターの殴打。空間にできた10にもわたる亀裂がその顔を切り刻み、そこにモーニングスターの棘が突き刺さり、吹き飛ばす。

「ギャ――」

またもや上がる悲鳴と共に、土竜の周りを魔法陣が囲む。魔力は、地面を伝わり俺たちがいる方向へと伸びてきている。

「ハル、跳べ」

ハルが斜《なな》め前にジャンプすると同時に下から土の棘が束になって噴き出す。

「これで終わり。【亀裂】【ディカプル】」

ハルの詠唱と共に、綺麗に10回重なるように土竜の顔に亀裂が走る。次々に傷を抉っていくというえげつなさ。そして、

「【チェイン】【パワー】」

再び『付与』をかけなおし、目の見えていない土竜に急接近する。大鎌を振りかぶる。

「俺たちの勝利だ」

思いきり振り抜いた大鎌は、ハルが作った傷口に突き刺さり、脳を破壊した。即死。

一瞬で土竜は霧となって消えていった。

「お疲れ、おにい」

「お疲れな」

ハルと拳を打ち合わせると、土竜のドロップアイテムを見る。

そこにあるのは2枚のカードと革袋《かわ》。

「まずはスキルカードだよな」

カードに触れると1枚は霧に変わり、もう1枚はハルが手にした途端《とたん》に霧となり、消えた。

「おにい、とりあえず帰ろ。そろそろいい時間じゃない？」

懐中時計を見てみると18時。確かにいい時間だ。

「じゃあ、帰るか。帰ったら『解析』だな」

俺たちは謎の革袋と新しいスキルへの期待を胸に帰っていくのだった。ちなみに、帰る途中にボス部屋に寄って、人化牛を軽く倒してきた。今日はどでかい鉄の斧も回収済みだ。

そして木崎家へ帰還後。とてつもないことが判明したのだった。

「おにい、スキルはまだ確認してないけど、この袋がやばすぎ。こんな感じ」

ハルはいつものように紙に書いて俺に渡す。

『アイテムポーチ（小）…1tまでの収納が可能であり重さを帳消しにする』

つまりは1トンまでは入れ放題のバッグということだ。それもあの壺のように重くなることもない。これにより俺たちの狩りの成果はうなぎのぼりとなっていくのだ。

「あ、おにい。当たったよ」

パソコンを見ていたハルが唐突に声をかけてくる。

「何がだ」

「ダンジョン探索免許の試験。これで受けられるよ」

「あぁ、やっとか」

現在4月5日。先日ついにダンジョンの一般公開がなされたところだ。ダンジョンの一般公開初日は特に事件もなく、重傷者も死者も出ることはなかったそうだ。

試験を受けるうえで用意するものはない。強《し》いていえば、筆記用具とお金と自分の身分証明になるものぐらいだろうか。ということで、明日のために英気を養おうと今日のダンジョン探索は中止にしてゆっくりと家で休んだのだった。

◆

俺たちは午前中の講義を聞きながら、小声で話している。

ここは試験会場のとある教室。俺たちは今ここで授業を受けている。ダンジョンについての政府の見解が述べられているのだが、ダンジョン攻略で自力で知ったことよりも、知らないことのほうが多く驚かされる。後から思い出してみれば確かにそんなこともあったかもしれないと思うようなことばっかりだ。

・5人以上でダンジョンを探索してはいけないこと。（4人までなら問題ない）

これは5人以上でいるとダンジョンの恩恵を受けられないからだそうだ。経験値やアイテムが手に入らないことに加え、モンスターが集まってきたり強力なモンスターが出るなどといったことが実際に起こっているらしい。

専門家は、5人以上になることでダンジョンの恩恵ともいわれる要素を弾き返してしまうという。人の持つ魔力のような何かがダンジョンに支障を与え、モンスターを呼び寄せているのではと考えられているらしい。

・ボスとは前衛、後衛の4人で戦うのが丁度《ちょうど》良いこと。

その理由は簡単だ。できる限り人数が多い方がいいし、ダンジョンの広さを考えても4人なら余裕を持って戦えるからだ。ただ、前衛4人ともなると、動ける範囲が狭まってしまうので望ましくない。

・ダンジョン内で誰の目にも留まらないところに物を置いておくといつの間にか消えてしまう。（ボス部屋では人が出て扉が閉まった時点で部屋の中に置いたものは全てなくなるらしい）

ダンジョンに物を置いて検証しようにも見ている状態では消えないうえに、消えるまでの時間もバラバラなため、調べることすらできない不思議な現象だった。

・5階層までは経験値効率が良いが何も成果が得られないこと。

ダンジョンに慣れるための階層と言われており、５階層までは人型、獣《けもの》型、不定形型と色々な種類の比較的弱いモンスターが出るので、モンスターと戦う練習をすることができる。

・モンスターは基本的に知能が低くゲームのようにヘイト管理ができること。

モンスターは人の言葉を理解せず、痛めつけても逃げることはない。普通の野生動物以上に危機管理能力がない。

そして――

・5階層のボスを倒すと自分のステータスが確認できる『自己鑑定』が手に入ること。

これに関しては驚いたじゃすまされない。

二人そろって声を上げてしまい、周りの人どころか講師にまで睨まれた。だってボス戦後、疲労でドロップなんて見ずに帰ったせいで、俺たちは簡単には自分のステータスを見ることすらできないのだ。

さらに。

ダンジョン内では火薬や電子機器は使用できないと言われていたが、正確には大量の魔力を奪われるだけらしい。

授業が終われば特にすることもなく復習しながらだらっと過ごし、昼は家から持ってきたお弁当を食べ、そして午後の試験が始まった。

が、筆記試験は制限時間60分にも拘わらず、驚くほど内容が薄く簡単だった。その後の実技試験のマラソンも、いつものダンジョン探索で慣れているおかげで二人とも楽勝だった。他の受験者よりも高いステータスなのをごまかすのに苦労するくらいだ。

となると、まあ当然のごとく受かるわけで。明日は免許受け取りに行こー、なんて話をしながら夕食を取ったのだった。

そして待ちに待った免許の受け取り。思っていたよりも手続きが多くて大変だった。免許で得た権利を悪用し犯罪を起こした場合、通常より重い刑罰を受けることになるため慎重にと度々《たびたび》言われた。ダンジョン内部での事故には関与《かんよ》しないことなども告知された。

こうして免許を持つことにより正式な探索者として活動ができるようになった。この免許証を持っていることでダンジョン用に大量生産された武器が買えるようになるとのことで、その日すぐに武器を買いに行こうという話をする。

「おにい。武器買いに行こ」

ハルは面倒《めんどう》な手続きが終了し、さらには初めてまともな武器を持てるということで、ご機嫌そうだ。そして武器を選ぶならば行かなければいけないところがある。

「じゃあ、まず武器体験場に行こう」

俺たちは期待を胸に、様々な武器が眠るその会場へと足を延《の》ばすのだった。


そこは所せましと剣や斧、盾や弓や棍棒《こんぼう》など様々な武器が置かれた古ぼけた店だった……。

そんなんだったら風情《ふぜい》があってワクワクするのだが。

「まぁ、現代の店だったらこうだよな。衛生《えいせい》面でも防犯面でも」

内装は白っぽい床と壁に、明るいＬＥＤライト。金属とプラスチックでできた棚《たな》、天井には防犯カメラが取り付けられていた。

俺たちが今いるのは武器体験場。

新しく探索者になった人はここでダンジョンに入ったときに選ぶ技能を決め、それに合った武器を選ぶのだ。武器は変えられるが技能は変えることができない。技能で剣を選んだものは刃物以外の武器を使うことができない。

使ったとしても、ステータスの伸び方は自分の技能に沿ってしか伸びないので効率が悪すぎるのだ。まぁ、実際にそれをしてしまっているのが俺たちなのだが。

前に読んだダンジョンの説明書のようなものによると、魔法関係の技能のステータスは魔量がレベルの倍まで伸び、強度はレベル分だけ伸びる。

武器戦闘の技能だとその逆で強度がレベルの2倍伸び、魔量はレベルの分しか伸びない。また経験で少しだけステータスは変わるそうだ。

そしてどちらにも当てはまらない『罠《わな》』『狩人《かりゆうど》』の技能はどちらもレベル分だけしか伸びないが、スキルカードを手に入れなくても技能の特別スキルがレベルによって手に入るらしい。

そして技能はそれぞれ、選んだ技能の決められた攻撃を補助するらしいのだ。剣なら斬ることであり棍《こん》なら叩くことといったように。だからこそ、ここでの武器選びが大事なのだ。

とはいえ、俺たちは既にダンジョンで活動していて専用の武器も持っている。自作だから当然、武器としては使いづらいのだが。

というわけで、こうして武器を試しに来たのだ。武器を試す場所は個室になっており、十分な広さが確保されている。当然ながら、部屋を借りるにもそこそこお金がかかり、俺たちは思わず笑顔を引きつらせる。

「では、205号室をお使いください。武器が並べてある棚の横のパネルにタグをかざすとロックが外れ、使えるようになります。また、部屋の外での鞘《さや》や保護具の取り外しは拘束《こうそく》の対象となりますのでご注意ください」

「ありがとうございます」

俺が受付を済ませている間、ハルは後ろでじっとしている。普段俺としかいないため、忘れそうになるが、これでもハルは人見知りなのだ。基本的には図太い精神で乗り切るが、知らない人とは会話できないらしい。

「で、ハルはこのタグな。武器選んでいいぞ」

「うん。適当に選んでくる」

受付でもらったタグを渡すとハルはそそくさと武器がある方へ向かっていく。俺もタグをポケットにしまい、武器の間をゆっくり歩き始める。

それにしてもほんとに種類が豊富だ。それぞれの武器にどの技能のものでどのような機能があるのかが書かれている。例《たと》えばハルバードだったら『剣』と『槍《やり》』の二つ。つまりは斬ることも突くこともできますよ、ということだ。そして俺が使う武器は既に決めている。

「やっぱ刀《かたな》だよな」

日本といえばこの武器——刀。長さは80センチぐらいでいいのだろうか。よくわからないがリーチは必要だと思うので横にあるパネルにタグをかざしてロックを外し、80センチの刀を取る。

そのまま205室の前に行くと、ハルが部屋のドアにもたれかかり、大きくため息を吐いていた。そしてハルを囲むように立つ、ハルに話しかけて無視されている二人の男。こんなところでナンパかね。

ハルは人見知りだが気が弱いわけではない。というよりかなり図太いのだ。だからこそナンパ相手に盛大にため息を吐ける。男の方もイライラしてきているようだが、お互いお試し用の武器を持っているからか体に触れるようなことはしていない。まぁ、そろそろ助けるか。

「失礼」

軽い身のこなしで男二人の間をすり抜けると、そのまま受付で受け取った鍵《かぎ》で扉を開け、ハルを軽く押す。

「お、おう。あ!?」

男たちはハルの隣に俺がいることに気づき驚いた声を上げるが、それを無視して扉を閉めながら軽く会釈《えしやく》する。

扉を閉めさせないように突き出された相手の足を軽く蹴り飛ばしてから俺は扉を完全に閉めた。

ここは武器を試すための場所だ。窓なんてものはないし、扉は丈夫な鉄製だ。もうあいつらは絡《から》んでこないだろう。

「おー、おにいかっこいい」

拍手《はくしゆ》の音が聞こえたので顔を向けると、ハルが手を叩いている。

「お前もため息ついてないで少しは抵抗しろよ。というか、こんなところでもナンパっているんだな。相手がナイフ持っててもおかしくない場所だろうに」

「あんな頭より先に下半身が動くような男は何も考えてないの」

「はいはい。じゃあ、武器試すぞ。ハルのは?」

「じゃーん。これ」

ハルが出したもの。正確にはハルが持っていたケースから出したものは——。

「何だそれ」

ハルが持っていたのは腕より長いぐらいの金属の棒に横から持ち手のような棒が出っ張った、カタカナの「ト」の形をしているやつだ。

「トンファーっていうらしいよ。モンスターと戦うための大きめのやつだけど」

「ふーん。そんなのもあるんだな。よし、次は俺だな」

俺はハルの持つ武器がよくわからなかったので早々に話を切り上げ、鞘から刀を抜く。

「見ての通り俺の武器は日本刀だな。今までまともな刃物の武器を使ってこなかったからそろそろしっかりとしたのを使いたい」

「ふーん。じゃあとりあえず練習してみるね」

ハルも俺の武器には興味がないようでさっさと話を切り上げられてしまった。ハルはそのままトンファーを手に持つ。主軸から横に飛び出た棒を握り、細い盾を持つかのように構える。

そのまま向きを変えたり手を滑らして武器を回したり、持つ場所を変えて全力の振り下ろしをしたりなどと試していく。

「うん。これでいいと思う。リーチは短くなったけど攻撃回数は増えるし」

「じゃあ、次は俺だな」

再び刀を鞘から抜き、構える。刀を持つ手に違和感があり、刀の先が安定しない。そこで軸を意識してみると違和感が減る。

「せいっ」

そのまま振り下ろすと、ひゅっと空気を切る音がする。だがなんか違う。

「おにい、振ってる途中、剣先がずれてた」

正面から見ていたハルの指摘《してき》が入りそれを意識してもう一度振りなおす。こうして何度もハルに修正してもらっていたが、途中でハルはどこかに行ってしまった。その後30分ほど素振りをしたら良い感じになった気がした。

「じゃあ、おにい。軽く打ち合ってみよ」

受付で殺傷性のないやつ借りれたから、と言うハルの顔は少し引きつっている。まぁ人見知りの妹が受付の人に話しかけたのだからよしとしておこう。きっと頑張ったに違いない。

「じゃあ、やるか」

ハルから本来は刃のある部分をスポンジで覆った木刀を受け取り、片手で構える。

基本は両手で構えるのだが、俺たちの用途は対人ではない。臨機応変に戦うには片手でも使えた方がいいと感じていたのだ。

ハルも全体がスポンジで覆われ、スポーツチャンバラの剣のようになったトンファーを先程と同じように構える。

「いくよ」

ハルがいきなりトンファーで突っ込んでくる。刀をトンファーの先に当て、ずらそうとするが……。

「やばっ!!」

慌てて横に飛んで躱す。上手く刀を使えていない現状だと、より短い武器で戦っているハルに軍配が上がり、押し負けてしまったのだ。

唯一《ゆいいつ》の武器である刀が押し負けてしまえば、後は避けるしかない。鉈のようにすぐ攻撃に移れるリーチの短い武器ではないし、鍬のように長い柄の部分で防御ができるわけでもないのだから。

俺の戦い方を変えていかなきゃいけないが、それはすぐにできることじゃない。だとすれば……。

カウンターだよな。

ハルに聞かれてしまうので口には出さず、思い浮かべる。

ネットで見たような体勢。刀は両手で持ち腰を落として、突きのような構えのまま、足を後ろに引く。

次も先に動いたのはハルだった。ハルは床を滑るかのように近づいてくる。

少し反応が遅れながらも俺は前足を踏み鳴らす。自分を鼓舞《こぶ》するかのように、相手を脅《おど》すかのように。

一瞬でもハルが引けばそこに刀を叩きこむのだが。やはりハルは止まらない。リスクリターンの計算がしっかりできており、俺が足を踏み鳴らしたのを虚勢《きょせい》だとわかっている。ただ、トラップは二重三重にかけるものだ。

ハルは止まらず、俺はそこに左手だけで刀を突きだす。当然のように弾かれる。

今だな。

刀がハルのトンファーによって弾かれた瞬間、俺は手の力を抜き、刀を手放す。刀を弾く反動が予想外に軽かったせいだろう。ハルのトンファーは勢いを殺せずに俺の近くまで来る。俺はそれを摑《つか》んで腕を引き、もう片方の手をハルめがけて突き出せば、ハルはトンファーを離すしかなくなる。

ここまでやれば俺の勝ちだ。体を捻《ひね》りながら腰を屈《かが》め、回し蹴りをすれば、トンファーを手放したハルに防ぐ術《すべ》はない。次の瞬間、俺の足はハルの首手前で停止していた。寸止めで、俺の勝ちだ。

フェイントを重ねた戦い方。邪道ではあるだろうが、それも俺の戦い方だ。

「俺の勝ちだな」

「むぅ、私の方が使いこなせてたのに」

手合わせを終えて力を抜き、俺たちはいつものように話し出す。

『あと、5分で終了です』

上にあるスピーカーから音声が流れる。

「おにい、武器屋行こ。私トンファーがいい。おにいは？」

「俺も刀がいいな。もう少し練習は必要だが」

「うん。プロの技《わざ》を見るのもいいかもね」

「よし、じゃあ武器屋行くか」

「おー」

俺たちは鍵を返して武器屋へ行く。まさか俺たちが武器屋で盛大に落ち込むことになるとはこの時は予想もしていなかった。

俺たちは体験場を後にして、武器屋に向かう。

といっても武器屋なんて危険なものがそこらへんに適当に立っているわけもなく。ダンジョンダムの近くにある大きな建物、通称ダンジョン市場の中に、武器を販売する会社のブースがいくつも並んでいる。

しかし、ダンジョンの一般公開がされてまだ日が浅く、未《いま》だ市場に店を出していない会社も多いためダンジョン市場は使われていないスペースがたくさん残っている。

しかしそこではダンジョン探索者たちが交友を深めたり、アドバイスをし合ったりと自然に交流スペースとして使えるようになっていた……。

「探索免許はお持ちでしょうか」

「はい、これでいいですよね。ハルも出して」

「うん」

俺たちは今、ダンジョン市場への入場手続きを行っている。探索免許の提示により本人が探索者であることを証明できないと入ることすらできないのだ。

「確認いたしました。ダンジョン市場へようこそ」

扉の前に立つ受付の人の声とともに、金属でできた扉が横にスライドして開く。そのまま俺たちが扉の中へと入っていくと自動で扉が閉まる。防犯設備はばっちりだ。

「いくら、剣を持った集団が暴れても銃があれば鎮圧できるだろうに、ここの警備は厳重過ぎねぇか」

「これから手に入るものもある。多分ダンジョンの物流が管理される最前線になる?」

「あぁ、そういうことか。政府が買い取るようなものも一度はここを通ると。それならこの警備も納得だな」

話しながら歩いていくと、入り口の近くにあるショーウィンドウの中に見覚えのあるものを見つける。

「猪の角」

「最前線のダンジョンでの成果だとさ」

中に入っていたのはいつぞやお世話になった猪の角だった。今じゃ弱くて使い物にならないが、何となく懐《なつ》かしい気持ちになる。猪の角を手に入れてから今日まで、そこまで日にちは経っていないのだが。

「私たちがダンジョンにいつも潜ってるっていうのもあるけど。民間人の最前線はやっぱり遅いね」

「まあ、探索して間もないんだから仕方がないだろ。ダンジョン出現当時から探索してる自衛隊は一体どこまで探索できてるのやら」

「モンスターが同じだったらもう飛竜は倒してるんじゃない？」

「そういう人がドロップアイテムを大量に市場に流してくれたら、俺たちのアイテムも紛《まぎ》れさせられるのにな。アイテム持ってても売れないから金にならん」

「まあ、仕方がない？」

「だろうな。お、武器売ってるな」

俺たちは話を止《や》め、各ブースに並んだ武器を見る。ちなみに、俺たちがダンジョンに関する周りに聞かれたら危険な話は二人の『察知』と『把握』のスキルで常に確認していたから問題ない。

「お、新人さんかい？　若いね。武器は何だい？」

俺たちが見ていた店の店員さんが気さくに話しかけてくる。

「はい、新人です。武器は俺が刀で、妹がトンファーです」

ハルの方をちらりと見たが、自分から話す気はなさそうなのでハルの武器も一緒に言ってしまう。

「おぉ、兄妹だったんだ。で、刀とトンファーか。珍しいね。刀はうまく使わないとすぐに曲がっちゃうから、皆すぐに買い替えに来て二度と使ってくれないんだよね。ここでも少ないけど扱ってるよ。勿論安い量産品。鍛冶師《がじし》の弟子《でし》が作ったやつだから安く手に入るんだよ。その割に最近はどんどん買ってくれる人が減っちゃってってね。

あとはトンファーだよね。さすがにトンファーはここでは取り扱ってないなぁ。トンファーって立ち回りはいいけどリーチが短いじゃん。そもそも打撃武器って巨大なものしか人気ないんだよね。

最初はダンジョンでのステータスアップも皆無《かいむ》に近いって聞くから皆、そういう武器を持つことすらできなくてね。で、軽い打撃武器って威力が弱いじゃん。だから打撃武器を使う人イコール筋肉マッチョみたいなイメージが出来上がっちゃってるんだよ。それでも買うっていうなら売ってる店教えるけどどうする？　勿論刀はここで買ってほしいけどね」

ものすごくしゃべる店員さんに圧倒されながらも重要な情報を汲《く》み取っていく。

「ハル、どうする？」

俺が刀を買うことは既に決めていたのでハルに確認を取る。

「買う」

「お、買っちゃう？　じゃあ、あそこね。『ODDBALL《オドボール》』。有名スポーツ用品会社の子会社で、変わった武器を取り扱ってるんだって」

「変わった武器ですか」

「うん。とにかく行ってみるといいよ。そのあと戻ってきて刀買ってくれれば。で、おじさんから一つアドバイス。ここで売られてる武器は護身《ごしん》用じゃなくて実戦用のしっかりしたやつだし需要《じゅよう》も増えてるので1年前より相場はかなり上がってるから注意してね。まあ、武器の精度はともかく安さなら僕の店は格安だから是非《ぜひ》ね」

「あー、確かに。ありがとうございます。金が大してないんで刀はここで買うと思います。ちなみに値段は？　長さ80センチぐらいがいいんですけど」

「んー。15万だね。じゃあ、いってらっしゃい」

「ありがとうございました、店員さん。また来ます」

俺たちは店員さんに頭を下げて店を出、ODDBALLに向かう。


ODDBALLに着くとそこは異様な光景が広がっていた。

様々な種類の武器が並べられた圧巻《あっかん》の光景。ただみんなが欲しがっている普通の武器が一切売られていない。店に並んでいる全ての武器が一風変わっており、日常で使うものが武器として改良されているものだった。

例えば、刃物であれば剣ではなく、肉切り包丁やのこぎりや鎌《かま》。形は同じながらも実戦で使いやすいように厚さや重心は変えられているようだが、それはどこからどう見ても武器ではなかった。

『棍《こん》』の人が使うのであれば、鉄パイプやバールやハリセン。

鉄パイプの中身が空洞なのは端っこだけで、中には重くなりすぎないように金属以外の何かで埋められているようだ。

バールはちょっと普通より大きめで、問題のハリセンは鉄でできているうえに重心が先の方に寄っていてそこそこでかかった。そしてロックを外せば畳《たた》めるらしい。

勿論ここにはトンファーも置かれていた。

『弓』であれば手裏剣《しゆりけん》や投げナイフだし、『槍』であれば刺又《さすまた》など。ただ、刺又は捕縛《ほばく》用の道具なのでモンスターを殺せるように、二つに分かれた先が鋭く尖《とが》っていた。

その他にも、ネタと書かれた棚があり、そこには金属でできた文房具などがあった。勿論すべて武器である。物差しの剣やハサミの短剣などがあった。おそらくこういうのを持っていれば、周囲の人に埋もれることなくダンジョン探索に挑めるのだろう。

とても……とても欲しいがお金が足りなくなってしまうので諦めるとする。ちなみに武器や防具をそろえるために持ってきたお金は総額60万円。

「すいません。トンファーってこれ以外のはありますか」

とりあえずトンファーを買うことは決まっているのだ。さっさと買ってしまおう。

「ん？　買うのかな。トンファーはね、これとこれかな」

女性の店員さんに話しかけると、置いてあるトンファーではなく、奥からもう一つのトンファーを出してくれた。

「持ってみてもいいですか」

念のために聞いてから手に取り、ハルに渡す。違いは大きさと重さだろうか。

「軽い」

両方持ってハルがボソッと呟《つぶや》く。

「へぇー、お嬢さん力あるね。これでも実戦用に結構重くしたんだけど。オーダーメイドにしてみる？　お値段結構しちゃうけど」

「それは無理ですね。お金ないので」

「ふーん、そう。お嬢さん、お母さんにおねだりしてみたらどう。いいの買えるかもよ」

店員さんは話している俺から目線を外し、ハルに向かって話しかける。うわぁ、商売根性たくましい。まぁ親がいない以前にハルは人見知りだからさほど対応しないだろう。そこは兄妹だからよく理解できる。

ハルが無表情に軽く首を横に振ったのを見て、そろそろ離れることにした。どうやらこの店員はハルには合わなさそうだ。ハルの目が若干冷たい気がする。

「じゃあ、どっちにする？」

「こっち」

ハルが大きな方を選んだのでそれを買う。値段は20万円だった。相場が上がっているとはいえ、さすがにぼったくりだろうとは思ったが、量産品ではないようで、全体的にぼこぼことしており、持ちやすく殴りやすい形になっていた。これが職人の技だろうか。

店員さんはその後もしきりにハルに話しかけていたが、すべて無視されたので最後には諦めたらしい。

「はい、どうぞ。次の人どうぞー」

会計が終わるとすぐに次の人が呼ばれ、流されるように追い出される。まぁ、さっきの店に戻るからいいんだけど。

「店長さん。無事買ってきました」

トンファーを買って先程の店に戻ったので店員さん、もとい店長さんに話しかける。

「お、僕が店長だって知ってたの？」

「妹が推理《すいり》したんですよ。じゃあ、予定通り刀買わせてもらいます。どんなのがありますか」

「へぇー、妹さんすごいね。じゃあえーっと、80センチだったね。それだとこの5つかな。一番高いのが97万で一番安いのがさっきも言った15万。どうする」

店長さんは５本の刀を出してくれる。装飾が少し違うが長さは大体同じだ。

「何が違って値段が違うんですか？」

刀なのだから素材はあまり変わらないと思うのだが。

「作った人の腕前だろうね。刃こぼれとかはないから安心して」

試しに持ってみるが、どれもしっくりと手に収まり、重心がしっかりとしているような気がする。となればお金はないのだから、

「じゃあ、これにします」

俺は15万円の刀に決めた。どちらにしろ家に帰ったら魔改造するのだから問題はない。持ったときに思ったのだが、やはり、俺が使うには柔らかく軽すぎたのだ。

ダンジョンで使ったらすぐに壊れてしまうだろう。森のモンスターの爪などは鉄より硬いのがざらなのだから。

「うん。じゃあ値段は税込み16万２０００円だね。ここに武器の所有者が移ったことを申請する紙があるからサインして。刃物はこれがないと駄目なんだよね」

俺が書類をしっかりと読み込み、サインしているとダンジョン市場の入り口の方がざわざわしてきたのを感じた。

「ここで何かあるんですか？」

少し気になったので店長さんに聞いてみる。

「ん？　今日はね、最前線の5パーティの人たちがここでテレビに映るとか言ってたね。見に行ってみれば？　はい書類は確認しました。これで正式な刀の所有者はあなたです。まいどあり」

刀を受け取り、とりあえず箱ごと貰《もら》ったので腕に抱える。

「ハル、見に行くか？」

「うん。民間人最強を確認したい」

「よしわかった」

おぉ——。

ダンジョン市場の扉が開くとともに一段とざわめきが大きくなる。

「来たみたいだな」

俺たちは通称日本最強のパーティを見に行くのだった。

これが〝通称日本最強〟と〝実際日本最強〟の初めての邂逅《かいこう》である。

ただし、通称日本最強が、本当の日本最強を認識することはなかったのだが。

◆

5つのパーティがいる場所へ向かうと、既にそこには先が見えないほどの人混《ひとご》みが出来上がっていた。ここは一般人が入れない場所なのに。それでもここまで人が集まるのか。〝最強〟という肩書きはすごい。

ダンジョン市場に入る時点でテレビ局のカメラは回っているらしく、人混みが割れていく。

『把握』のスキルで彼らを調べると一線を画《かく》す強さだとわかる。

「おにい、どう?」

ハルのスキルでは敵の強さを『把握』することはできないのでこちらに聞いてくる。

「この感じだと全員、レベル20前後だろうな。戦闘経験は、どうだろうな」

「どうだろうね。ちょっとあの人たちしっかり見といて」

「ん?　どういうこと、あ?」

ハルの方から何かが薄く流れるように感じる。いつも感じている何か。それは当然魔力。

ハルから漏《も》れていく魔力は低い濃度だがその濃さを変えずに周囲に広がっていく。それは5パーティの20人を通り過ぎていく。そして、何も起きない。いや、一人動いたか。

「どうだった?」

「誰かはわからんが一人だけ反応した。多分魔法系の技能だな。女性集団の中の一人で、名前は…」

「大和撫子、葡萄会、どっち?」

「あぁ大和撫子。美人軍団の方だろ」

「それなら、大したことないね」

「そういう決め方もどうかと思うが、危機管理が弱いってのはあるな。というかダンジョン外でも魔力って使えたんだな」

「魔法は使えない。体の中の魔力を意識しながらダンジョンから出たら、外でも魔力を動かせるようになったの」

「んー、俺にはできないな。そもそも体内の魔力がわからん」

「とりあえず感想は普通。かな？」

「まあ、それなら良いけど」

ハルが人混みを背にして歩き出したので俺もそれについていく。先程魔力に気づいたような反応をした女性は気のせいだと思ったのだろう。次があったら、その時は違和感の正体に気づくのかね。

既に俺たちの中では魔力に気づかなかった彼らへの興味は消えている。魔力へのセンスは俺たち以下だ。

撮影する場所が動くのか、店がない奥の方へと人混みが移動し始める。それを横目で見ていると、遠くにマイクに向かってしゃべる青年が見えた。いや、顔は少年のように見える。

周りに愛されて成長しているだろう、俺より年上なのに無垢《むく》な表情。相手はこちらに気づいた様子もない。それはそうだ。向こうから見れば俺はただの野次馬《やじうま》の一人に過ぎないのだから。

YŪ
KI
NOW ON SALE!!
STRONG ARMOR
SBSTV

ふと横にあった看板《かんばん》を見てみれば、その青年が武器を構えた写真が使用されていた。

「勇樹《ゆうき》、主人公か」

何となくそんな言葉を漏らす。

「おにい、防具買いに行くよ。ないとダンジョンに入れてもらえないんだから」

「あぁ、そうだな。とりあえず軽く収納ができる上着が欲しい」

俺たちはすぐに彼ら彼女らを忘れ、自分たちの買い物に勤《いそ》しむのだった。

まずは頭の防具を買いに行く。

「お、今度はかなり若い子が来たね。どうだい、ヘルメット、買ってく?」

ヘルメットを買う気にもなれずに眺めていると店の中から店員が出てきた。

「他のって、ないんですかね」

これを被《かぶ》って東京ダンジョンを探索なんてことはしたくないため、縋《すが》る思いで聞いてみる。

「わっはっはー。勿論あるよ。お値段高くなるけどね。おいで、妹さんも」

テンションの高い店員さんはにこやかに店の中へと戻っていく。

「じゃあとりあえず入るか、ハル」

「うん。うん?」

ハルは店員さんのよくわからない性格に戸惑《とまど》いながらも俺について来る。

「お二人さん身長は?」

「172です」

「158」

「んじゃあ、はいこれ」

中に入ると同時に身長を聞かれ、答えるとすぐに2枚の服が出てくる。色は黒だが、これはパーカーのようだ。

「防刃《ぼうじん》素材入りのフード付きパーカーだね。フードの部分以外も丈夫にできてるし、薄く緩《ゆる》めに作ってあるから装備の上に着ても問題ないよ。ここの人気商品」

店員さんは人気商品と言っているが、それ絶対みんなヘルメットつけたくないからだけだろ。

とりあえず試着ということでパーカーを着てみると確かにフード以外は薄く緩くできていて服の上から普通に着れる。そして若干裾《すそ》が短め？

「お、お兄さん気づいたかな？　武器の使用の邪魔にならないように裾は短めにしてあるのだよ。これがまた人気でね。内側にもポケットがついてたりして…」

店員さんの話を聞き流しながらも考える。正直パーカーが薄いとかはどうでもいいが。

「おにい、大きめのサイズで買って魔改造でどう？」

「あぁ、もうそれでいいか」

まだしゃべっている店員さんに聞こえないようにこそこそと相談し、方針を決めた。

「ん？　決まったかい」

「はい、内側と外側で生地《きじ》が二重になってるやつってありますか？」

「おぉ、いいところに目を付けたね、お兄さん。そうだよ。確かに薄くて軽いのは戦うときに有利だけどね、問題もあると私は気づいたのだよ……」

再び店員の説明が長くなっていく。聞いているのも面倒なので途中で切らせてもらう。

「じゃあ、防塵《ぼうじん》素材のを買うんで、二重構造でフードだけ防刃のやつ」

「まいどー。一着5万円でーす」

「高いなぁ、やっぱ」

服の値段に嘆《なげ》きながらもパーカーを買い、次の店に向かう。ボトムは既存《きぞん》のスボンの関節部分に防刃シートが縫《ぬ》い付けられている。胸当ては一枚4万円したので、持ってきた60万円は見事になくなったのだった。

「じゃあ、もういい時間だし帰るか」

「うん。東京ダンジョンはまた次回？」

「あー、交通費がなぁ。とりあえず明日もう一度来て、ダンジョンに入った記録だけ残しておくか。帰ったら人化牛狩って、夜ご飯は肉にしよう」

「うん。そうだね。今日は人多くて疲れた」

ダンジョン市場の中にいる人の大多数は未だテレビの野次馬になっており、一カ所に固まっているため、ダンジョン市場の入り口の方はかなり空《す》いていてすぐに出ることができた。

「じゃあ、魔改造始めるね」

　家に帰るとすぐにハルが宣言する。疲れてるのか若干テンションがいつもと違うが、そっとしておこう。

「まずは武器からだな。とりあえず全部軽すぎるし、強度が弱すぎる。鍛冶師の腕とか関係なしに地球の金属じゃあ弱いんだろうな」

　ダンジョン外、つまり普通に鉱石として採《と》れた金属はダンジョン内でもその硬さに変化はない。当然のことなのだが、最初の方の階層では問題ないものの、黒狼はたやすく叩き割るし、人化牛には丸腰も同然のように扱われるだろう。

　それに対しダンジョン内で採れた不思議金属や、角などの金属要素を用いたものは、ダンジョン外では普通の硬い金属なのだが、ダンジョン内に持ち込むことで強度やしなやかさを増す。だからこそダンジョン内で普通の武器を使うわけにはいかないのだ。

「まずは『合成』で素材を変えるところからだな」

　素材は森での強制スタンピードで大量に集めてある。金属でも布でもなんでもそろっている。

　まず金属に使うのは、人化牛がドロップした鋼の戦斧《せんぷ》。合計2本あるのでこれは二人の武器に使う。『合成』スキルはアイテムが持つ性質を別のアイテムへと作り変えるスキルだ。金属なら金属へ。布なら布へと移すことが可能になる。

ここで特筆すべきは、移された武器は消滅するという点だ。例えば縫い針に戦斧の金属を移したとすると戦斧は消えてしまうのだ。

鋼の戦斧は鋼であり鋼ではない。地球上にある鋼と同じようなものだろうとは思うが、魔力的性質を含んでいるといったところだろう。だから『解析』ができるのだ。

「さて、『合成』ん？」

戦斧からトンファーに金属を移したところで何か違和感を感じて手を止めた。もともとスキルを使っただけなので手は動かしていないのだけれど。金属を移された戦斧は霧となって消え去る。

そして違和感の正体は――。

「ハル、斧からトンファーに魔力以外の何かが流れていった気がする。『解析』してみて」

「ん？　うん」

ハルがトンファーをじっと見てから顔を上げる。

「これは思ったよりもやばいかも。これがトンファーじゃなかったら特に。えーっと紙は。

――これが『解析』結果」

ハルが『解析』結果を書き込んだ紙を渡してくれる。

『鋼のトンファー…鋼製のトンファー（スキル：強斬）』

「あー、スキルまで移ったのか？　トンファーでどうやって斬るんだって話はあるが」

「とりあえず刀の方もやってみて」

ハルから急《せ》かされ、自分の刀にも戦斧から金属を移す。すると先程と同じように違うものが流れていった。

「んー、成功だね」

『鋼の刀…鋼製の刀（スキル：強斬）』

刀にしっかりとスキルを移動させることができた。

「ちなみに『強斬』ってどんなスキルになってる」

「ちょっと待ってて。クールタイム」

二人でぼーっとして待つが1分は案外早く、結果が伝えられる。

『強斬』
種類：スキル
クールタイム：10s
斬撃に補正

「あぁ、これはトンファーにあっても何の意味もないな。じゃあ、実験も兼ねて人化牛狩りに行くか。時間はあまりないから実験はほどほどにか」

「そうだね。じゃあ、スキルを試しにいこ。そして美味しい肉を取ってこよう」

俺たちは今日武器を買ったばかりだというのに元気よく、我が家のダンジョンへと入っていくのだった。ちなみに組手はしなかったが準備体操はしました。

「で、ダンジョンに入ったはいいが、使い方がよくわからないのだが。ん？　ハル。そういえば俺たち土竜戦で新しいスキルカード、ゲットしてなかったっけ？」

「んー？　あぁ、あったね。あと、森の雑魚からも2枚ずつ手に入れてたっけ。後で調べようって言ってて調べてなかったやつ。見てみるね。まずは私から」

転移の間から15階層入り口に転移した後、ハルはスキルを使い、紙はないので口頭で伝えてくれる。

名前　：ハルカ
技能　：魔法・工作
魔属性　：崩・（爆）・（電）
レベル：52
強度　：60
魔量　：123
スキル：解析

魔法　：(ボム)・(タイムボム)・(インパクト)・ナンバー・(プラズマ)・亀裂・剥離《はくり》・障壁
パッシブ：魔力回復・察知・工作・魔力操作

「おー、レベルも結構上がってる。新しいのは【剥離】、【障壁】、『魔力操作』だね」

ハルが外で魔力を操作してたのは『魔力操作』が関係してるのかもな。後は魔法か。【障壁】ってのは想像つくが、【剥離】ってのがわからないな。多分【剥離】は崩属性の魔法だろうが。

「そうだね。おにいのももうすぐ『解析』できるからね」

ハルがこちらを向いたので抵抗が影響しないように意識する。少しでも抵抗すれば『解析』を弾いてしまうから。

名前　：トウカ
技能　：付与・合成
魔属性　：無・(呪)
レベル：52
強度　：73
魔量　：１０９
スキル：隠密・座標

魔法　：スピード・パワー・ガード・バインド・チェイン・スロー・ロス
パッシブ：把握・加速・合成

ハルが『解析』結果を読み上げるのを聞き、自分にどんなスキルが増えたかを確認する。

「俺の新しいのは『座標』、【スロー】、【ロス】だな」

「効果は【スロー】以外見当もつかないね。初めての妨害系の付与魔法だよね。デバフっていうんだっけ？」

「そうだな。あとは刀の『強斬』だよな」

刀を鞘から抜いて軽く振ってみる。何も起きない。

「『強斬』」

もう一度、唱えながら刀を振ってみるが、何も起こらなかった。そもそもスキルは発動方法が詠唱ではないため、何となく使っていた。他に試してないことといえば……。

「あぁ、魔力か」

ハルのように微細なコントロールはできなくても、どこかに向けて放出するぐらいは容易《たやす》い。手を通し刀に向けて魔力を流す。思い浮かべるのは『強斬』。補正のかかった斬撃。

空に向かって振り抜くと同時に刀は赤く光り、空気を切り裂く音と共に空に赤い光の軌跡《きせき》が生まれる。おそらくこれが補正なのだろう。

「成功だね。じゃあ、行く？」

「あぁそろそろ行くか。とりあえずすぐには殺さないでスキルと魔法の実験だな」

「オーケー」

ハルが扉に触れると、自動的に扉は開いていく。中には岩に座った人化牛。

「俺たちが入ってくるまでって人化牛はずっと座っててんのかね」

「私たちが扉に触れた時点で作られるモンスターって可能性もあるかもよ。あ、動き出した。

【剝離】」

斧に向かって腕を伸ばした人化牛に向けてトンファーを突き出し、その手に向けて魔法を唱えた。

黒い光が人化牛の手に当たるが、魔法は何も起こらない。と思ったのだが、

「グギャァアー――」

突如《とつじょ》人化牛が魔法が当たった手を押さえる。その指の隙間から一瞬だけ魔法が当たった部分が見えた。そこは表面がしなびてしまっていた。これだと肉体を削《けず》るような意味での剝離ではなく、

「当たった部分の生命力の剝離、みたいな？」

「どうだろうな。『座標』？　何だこれ？　んー。あぁ、ハル。このスキル強いぞ」

人化牛は今度こそもう片方の腕で斧を拾い、頭上に持ち上げ振り下ろす。

斧はしっかりと光を纏《まと》い、力の奔流がこちらに飛んで来る。あの頃なら脅威《きょうい》でしかなかったのだが。

「【障壁】……おぉ、『魔力操作』しながら使ったら変な形の障壁作れた」

ハルが作り出した魔法の障壁は、途中で折れ曲がるようにして人化牛に向けて斜めに展開されていた。人化牛の放った衝撃波がいとも簡単に左右に流される。

「ん。私は終わり。次はおにい」

「了解。【スロー】【ロス】」

突っ込んでくる姿勢をみせる人化牛に二つの魔法を唱える。

すると人化牛の体が光り、魔法が付与された。そもそも付与魔法は相手にかけるには不都合なところが多い。リーチが攻撃魔法に比べて短いのだ。俺と人化牛の間は未だ10メートルほど開いており、普通なら絶対に魔法はかからない。

「座標を指定することによる、遠距離発動。ただし威力は落ちるがな」

ズシンズシンと迫ってくる人化牛の足取りは重い。それが【スロー】の効果なのだ。そして【ロス】は——。

「あぁ、攻撃力の【ロス】ね。わかったわかった」

俺に向かって振り下ろされる斧には力がなかった。【スロー】の影響だけではない。【スロー】がかかっていてもそこそこの力は出るのだ。だとすれば【ロス】の効果は攻撃力の低下。

または分散。

「まぁ、そんなとこだよな」

二人とも新しい魔法やスキルの実験を終えたので最後の実験に移る。

人化牛の振るった斧を、体をずらして躱し、刀に手をかけ、魔力を流す。

「これで終わるよな」

半信半疑のまま、呟く。スキルによって光っている刀は、人化牛の首の半分ほどで動きを止め、追従するスキルの補正によって首を完全に断ち切った。

「補正のおかげで威力が2倍ぐらい？」

「だろうな。自分で斬るときには補正はかかってない。ほぼ同時に同じ場所を2回斬るイメージだな」

「ふぅーん。ところでおにい。二つほど忘れてた。私トンファー使ってない。それに魔法陣使ってないから魔法が弱かった」

「あ、まぁ、それはまた明日ということで。魔法陣は明日の朝やろう」

「仕方がない」

ハルのちょっと残念そうな声を聞き、ドロップ品を拾ってアイテムポーチに入れる。勿論肉は手に入った。

ご機嫌の俺と若干不機嫌なハルは、そのままそそくさと家に戻るのだった。

「おにい、服と靴の『合成』する」

帰ってすぐにハルが言い出したのはそれだった。まあ別にいいけど。その分ご飯が遅れるぞと言っても問題ないとのことだったので『合成』を始める。

まずは服とズボン。特に新しいのは獲《と》っていないので、森で手に入った中級狼の毛皮を使おうと思ったのだが。

「おそらく中級狼より黒狼の方が強いよな」

「やっぱ思った？　確かに黒狼の方が攻撃力高いし、皮膚も硬いんだよね」

「じゃあ、布製品は明日か。今日は夕飯食べて寝るか」

「うん。ふぁーあ。今日は人混みで疲れたし」

ハルも欠伸《あくび》をしながら答える。仕方がない。人化牛の肉を食べて疲れを癒《い》やそうと思ったけど睡眠の方がよさそうだ。

人化牛の肉は細かくブロック状にして軽く炒《いた》める。食べたらいつもより短めのランニングをして、倒れこむように寝たのだった。

そして翌日。

「50匹ーっと。次行くぞー」

俺たちはせっせと黒狼を狩っていた。黒狼は10階層のボスであり、勇者御一行などもまだ見ることすらできていない強さなのだが。

「行くよ。えりゃ、ていっ、そい。終わった」

15階層の人化牛さえ容易に倒す俺たちにとっては既に敵ではなかった。

もはや魔法を使うまでもない。

扉が開くと、猫のようにするりと中へ入っていったハルは真っ直ぐ黒狼に突き進み、黒狼の手前ぎりぎりでさらに急加速。そのまま黒狼の足と胸、そして頭蓋骨《ずがいこつ》を破壊する。完全なるレベルの差の暴力だ。

とはいえ、そのおかげで一戦が10秒ほどで終わってしまう。現在これほどの周回を続けているにも拘わらず、俺たちがダンジョンに入ってからまだ1時間と少ししか経っていないのだ。

再び魔法陣に乗り10階層の入り口に戻る。

扉を開けると今度は俺が先に入り、ハル同様真っ直ぐ黒狼に進むのだが、黒狼の反応は遅い。俺の気配を消す歩法も随分《ずいぶん》と進歩しているのだ。

そのまま黒狼の顔の下で止まった俺は刀の柄《つか》をしっかりと握り、軽く上に跳ぶ。そのまま体をひねり、居合切りの要領で一気に引き抜いた。

黒狼の首はあっさりと断ち切られ、その太さ故《ゆえ》、完全に首が離れないものの、血管や骨も断ち切ったため一瞬で霧と変わる。

「ドロップは普通だな。次行こう」

あれから4時間。俺たちはひたすら黒狼を狩り続け、現在森にいる。

正直に言うと飽《あ》きたのだ。ひたすら2～3時間、10秒どころか5秒もかからずに倒せるようになった黒狼を倒していて何が楽しいというのだろうか。

体力的には何も問題ないものの精神的に疲れてしまったので、ボス部屋から出た奥の部屋で1時間ほど休憩を取り、その後、森へ向かって走り出したのだ。探索ならば時間はかかるが俺たちは既に最短ルートを知っている。

さらにはダンジョンで得たステータスによる異常な身体能力。軽く寄り道して人化牛を瞬殺し、そのまま森に来たのだ。そして——。

「【インパクト】【ディカプル】」

10個の光の玉が周囲を回転し、全方位に飛び散っていく。

今の武器には魔法陣が彫られていないので、目に入った魔法陣が彫られているカードを使っている。

光の玉の爆発が木々を薙ぎ倒し、被害を増大させていく。この森の木は燃えるが、それ以上燃え広がることはないので山火事の心配はない。

そう、今やっていることはいつぞやの人為的スタンピードだ。

周囲に木がなくなり、音に反応したモンスターたちが束になってこちらに迫ってくる。ふと上を見てみるがリムドブムルは無反応だ。

「じゃあ、俺は行ってくるな」

「うん。私はここで倒してる」

俺は地面を蹴り、モンスターの反応がある方へ向かう。この前の土竜のような強い敵はいない。所詮《しょせん》雑魚ばっかりだ。一匹に対して一秒もかけずに斬っていく。黒狼を斬りまくったせいか高速で次々斬っていっても剣筋が曲がることはない。

ただ、それでも減るモンスターより増えるモンスターのほうが多い。

「追いつかないか。【スピード】【パワー】【チェイン】【スロー】」

二つの付与で自分を強化し、【チェイン】で【スロー】を広範囲に伝染させる。攻撃の伝染ではなく、相手の速さを下げるだけの魔法だからか、いつもの数倍遠くまで伝染する。

そのまま敵陣の中に突っ込み、先程よりは遥かに多い数のモンスターを相手取り、殲滅していく。

だんだんとモンスターは減っていく。

「おにい、来たよー」

ハルのところへ戻る途中で強そうな気配を感じた。

土竜よりは弱いけど、人化牛よりは強い敵だ。

今更だが、俺たちがここに来た理由は、黒狼に飽きて大量の敵と戦いたかったという以外にもう一つあった。強い敵と戦いたいということ。

普段は出現しないような強さのモンスターがたまに出てくる。俺たちはこのようなモンスターを〝レアモンスター〟と呼んでいて、その中でも強かったのは、金のスケルトンと土竜の2匹だけだった。

ただ、実際には俺たちはもっとたくさんのレアモンスターと戦っていた。特筆するほどの強い奴がいなかっただけで。

レアモンスターは個体ごとに強さの違いが大きく、一つ前の階層のボスだった人化牛の2倍ほどの戦力を持っていた土竜は、その階層においてならば圧倒的な力を持っているといえるし、そこら辺の雑魚に毛が生えた程度の力しか持たないレアモンスターもいた。

そのように弱いレアモンスターはドロップアイテムもさほど良くない物ばかりだが、ある程度強いレアモンスターになるとスキルカードを落とすこともある。そして今回は、

「賢狼《けんろう》、戦力187、若干強め？」

「だな。今日はこいつ倒したら終わりにするか」

見た目は茶色で普通より大きめの狼だが、名前通り賢《かしこ》いのだろうか。

俺は刀を鞘へと戻すと、右手を前に出し指輪に魔力を流す。

「私の魔法から行く。【インパクト】」

ハルも宝具であるモーニングスターを地面に打ちつけて唱える。

「【スピード】」

一つの付与を自《みずか》らに施し、『隠密』を使いながらこちらに向かってくる賢狼に迫る。賢狼はその賢さゆえの行動だろう。【インパクト】が飛んで来るのを躱す。ただ……。

「中途半端な賢さは良いカモなんだよな」

賢狼が避けた先には『隠密』を使い気配を消しながら大鎌を振るう俺がいる。足の一本を切り飛ばし、その場に縫い付ける。そのまま大鎌を盾のようにしながら俺は賢狼から距離を取る。

賢狼の攻撃を避けるためではなく、ハルの魔法の巻き添えを避けるため。

ハルの放った魔法は途中で緩《ゆる》やかなカーブを描き、賢狼を吹き飛ばした。さすがにそれだけでは死なないものの、足を一本失い全身傷だらけでは終わったようなものである。

「また、変化球の精度上げたな」

「まあ、魔法が飛ぶスピードであれば、それに合わせて『魔力操作』で回転が加えやすいから」

つまりハルは自ら『魔力操作』で自らの魔法に横回転をかけ変化させているのである。

魔法は魔力の塊《かたまり》で小さいものの、空気抵抗もあるのだ。

そして念のため言っておくと、魔法の速度は２００キロを優に超えている。ただステータスが上昇したことで、それが遅く見えているだけである。

俺はふらふらと立ち上がる賢狼のもとに歩いていき、フェイントをかけて大鎌で首を飛ばした。フェイントをかけなくても抵抗できそうにはなかったが、スキルや魔法によりその劣勢を覆《くつがえ》される可能性もあるのだ。敵にその可能性があるのだから注意を怠《おこた》るわけにはいかない。

「ドロップは短剣だね。お、スキルあるよ。『反撃』だって。帰ったらしっかり調べよ」

「おぉ、それはいいな。なんだかんだでハルは短剣使わなくなっちゃったし」

「むぅ、だって刃物って手ごたえ少ないじゃん。鈍器《どんき》でドンッっていう方が、倒してるって感じするし」

「お、おう。そうだな」

俺は妹の恐ろしい一面を垣間《かいま》見《み》た気がしたのだった。


そして今、俺は料理中。賢狼を倒し家に帰ってきた俺たちは時間も時間なので、結果を確かめる前にご飯を食べようということになったのだった。

「おぉ、これはすごい」

ちなみにハルは後ろで何かぶつぶつ言いながら今日取ってきた、ちょっと変わったものに『解析』をかけている。これはハルが暇《ひま》つぶしで適当に壺の中にあるものに『解析』をかけたのが始まりなのだが、この時、偶然何の変哲《へんてつ》もないアイテムにスキルがついていることを発見してしまったのだ。

当然のごとくそのスキルは価値のあるものではなく、【滑り止め】なんていうつまらないものだったのだが。

それから、何か使えるスキルを見つけてやるとやる気を出したハルは暇つぶしがてら変わったものから順番に『解析』をかけているのである。

今までに見つけたものだと、薬の強さを強くする【薬効】というスキルが一番の変わり種《だね》だろうか。

効果は薬の影響を強くすること。ただし、ダンジョン内では何故か地上の薬が効かないらしい。そしてポーションは薬に含まれなかった。つまりは使い道なしである。

他にはクールタイム1時間、継続時間1時間の『発光』というスキルだろう。

一度使えば1時間は光り続けるものの、光を消す手段がないので1時間の経過を待つしか消す方法がない。そして魔力的な光だからだろうか、何かで覆っても光が完全に貫通する。第一、ダンジョン内でしか使えないのにダンジョンに暗い場所はない。

まあ、所詮ごみスキルだ。

ちなみに見つけたスキルは俺が作った金属板に『合成』で移している。

金属加工は難しいため、6階層でとれる加工しやすい、柔らかい猪の角で小さなプレートを作り、『合成』で丈夫な金属に変えるという手段を取っている。プレートには『解析』をかけなくてもどのスキルが付いているかがわかるようにハルがスキルの名前を彫った。

「ハルーご飯できたぞ」

「あ、おにいこのスキルも移しといて、『消臭』だって」

「あ、わかった」

相変わらず意味のなさそうなスキルを見つけているのだった。

「で、『反撃』ってどんなスキルだったんだ？」

俺たちはいつも通りご飯を食べながらダンジョンに関する話をする。今日は当然、短剣についていたスキルだ。

「うん。前回の『強斬』とは違って継続時間があったよ。０・５秒だって」

「継続時間って、スキルが使われてる時間だよな」

「うん。で、クールタイムが1秒。短いけどちょうど倍」

「戦闘中に何回も使えるが、使い続けられるわけではないって感じか」

「効果は、物理攻撃が当たった時に攻撃の強さに比例して『ダメージにならない反撃』をするだって。ご馳走様《ちそうさま》」

「どういうことだ？　ごちそうさん」

「つまりは相手の物理攻撃がこの短剣に触れたときにスキルを使っていると、その攻撃の強さに比例して、『ダメージにならない反撃』つまり、相手を疲労させる」

「あぁ、確かに強いな」

「ちなみにこのドロップした武器の名前は『希狼《きろう》の短剣』だって」

「ふぅん。賢狼じゃないんだな。じゃあ、昨日の続きの『合成』始めるか」

「うん、用意はしてある」

ハルの目線の先を追うと、昨日買った防具とそれと同数の黒狼の毛皮が置いてある。黒狼は狩りすぎなくらい狩ったので枚数は余裕で足りたらしい。

まずはパーカーということで、フードを切り離し、パーカーの裏地やフード以外の部分に『合成』を使い、その後丈夫になって針も通らなくなったパーカーとフードをハルが『工作』スキルの補整で縫っていく。勿論使っている糸も雑魚のドロップアイテムの糸を黒狼の毛皮と共に『合成』し、丈夫にしたものである。

このような面倒なことをしている理由は思いのほか単純で、防刃に関して言えば、現代の防刃繊維《せんい》の方が黒狼の毛皮より強いから。ただそれだけだ。いくら黒狼の毛皮であっても鉄で全力で突けば貫通するのだから。

とはいえ、ダンジョンでのステータスアップ状態だったらどちらにしろ簡単に貫通できそうだと思ったり、思わなかったり。

次に今まで探索に使っていたズボンと服を『合成』し、強化。若干硬くなって洗いにくくなるため、下着は『合成』しなかったものの、靴下は『合成』しておいた。

胸当ては中に金属が入っていたので、外側を黒狼の毛皮。中の鉄を黒狼の角を使った黒狼鉄で『合成』した。

最後に靴だが、普通に毛皮で『合成』すると布の部分だけが『合成』で置き換わり、黒狼鉄で『合成』すると、少ない金属部分が強化された。

「よし、完了。明日は東京行ってみるか」

「うん。準備完了」

俺たちはダンジョンに入るために十分すぎる準備をして、この日を終えるのだった。

「あ、おにい。グローブ買い忘れたね」

「そういえばそうだな。まあ、金ないし覚えてても買えなかっただろ」

やっぱり俺たちは金がないのだ。

兄妹は東京へ挑む

3章 — Chapter3

BASEMENT DUNGEON

いつも以上に早く起きた俺たちは、東京のダンジョンへ向かう準備をしている。

ハルは武器に魔法陣を彫《ほ》り込む作業を行い、俺は持っていくものを確認した。

アイテムポーチを持っていくが、人前で使うことはできない。それはシークレットポーチのように肌着《はだぎ》の上に付け、取れないようにした。その中に入っていた要《い》らない物は全《すべ》て出して必要な物だけを詰めていく。

まずはポーション。他にも予備の武器となる、俺たちが前に使っていた斧《おの》と鉄パイプ。そしてごみスキルが入ったプレートの数々。今のところ使い道はないが、他の物と一緒に使えば効果を発揮《はっき》する可能性もなきにしも非《あら》ずなのだ。

例《たと》えば昨日見つけた『消臭』スキル。

発動を促《うなが》すのは俺だが、実際にスキルを発動するのはスキルが付与《ふよ》された物体である。だから今のところは消臭と彫られたプレートだけが消臭されるのだ。

と、こんな感じでごみスキルの中に単体で使えるようなスキルはないのだ。それでもまあ、念のため。全種類持っていても大した重さではないのだから問題ないだろう。

「よし、おにいできたよ」

地下で鳴っていた金属を削《けず》る音が止《や》み、ハルの終了報告が聞こえる。

「じゃあ、仕上げをしてそろそろ行くか」

仕上げというのは最後の『合成』。適当に、ハルのトンファーにごみスキルでもつけておこうと思ったのだ。

そしてごみスキルは何かと被《かぶ》っているものも多いので数には悩まない。

ハルのトンファーから、『合成』でプレートに『強斬《きょうじん》』を移し、別のプレートから『衝撃吸収』をトンファーへと移動させる。

少し時間はかかるのだが、昨日スキル単体での移動もできるようになったのだ。『合成』の素材になったものが壊れることもなく、ただスキルがなくなるだけで済む。

そして『衝撃吸収』。加えられた衝撃の大部分を吸収するという効果なのだが、吸収し逃げ場がなくなった衝撃を物体の中で完結させる。

本来、周囲に逃げるはずの衝撃を吸収してしまうために異常な負荷《ふか》がかかるのだ。防具なんかに付与してしまったら一発で弾《はじ》け飛ぶだろう。一度下級狼の毛皮で試したときに、一撃でバラバラになり、付与していたスキルが消えてしまったのだ。

というわけで金属でできた丈夫なトンファーに『衝撃吸収』を付与することにした。

「じゃあ、行こうか」

「うん」

俺たちはリュックを背負った。ハルは武器をケースに仕舞《しま》いリュックへ。俺は刀《かたな》を鞘《さや》ごと紐《ひも》で巻いて抜けないようにし、その上から布でぐるぐる巻きにしてリュックに結びつけた。

そうして自転車で最寄《もよ》りの駅まで行き、電車を使い、東京ダンジョンの近くの駅まで行ったのだった。

「うーん。人多かった」

「だな、平日だから人少ないと思ったんだけどな。武器っぽいの持った人がたくさんいたな」

「キャリーバッグとかゴルフバッグとかギターケースとかかね。ちょっと欲しい」

「俺たちも金が貯《た》まったら買うかね」

そんな無駄話をしながらダンジョンダムに入る。理由は単純。

「武器携帯の許可書を出してください」

武器の所持《しょじ》許可申請《しんせい》を行うためである。ダンジョンに入るには武器を持ち歩かなければいけないため、自分の持っている武器を申請しなければいけないのだ。俺は刀《かたな》とナイフ6本。ハルはトンファー2本とナイフで申請する。個人情報、個人の実力を示すことになるから、武器の詳細《しょうさい》は言わなくてもいいのだ。

「はい。確認しました。ダンジョン内でこれ以外の武器を使用していた場合、刑罰の対象となるのでご注意ください」

「ありがとうございました」

受付の人に会釈《えしゃく》し、いよいよダンジョンダムに入ろうとしたところで立ち止まる。

「ハル。何あれ」

ダンジョンダムの入り口には機械のような物が入っている黒い箱が置いてあり、そこから何か薄い魔力がうごめいていた。

「たぶん、ダンジョン外で使える特殊スキルだと思う」

「『解析《かいせき》』と同種の可能性があるってことだよな」

「で、無差別に解析をかけてるってことは多分、私の『解析』みたいに相手の了承《りょうしょう》が必要ないと思う」

「一応こっちからも魔力をぶつけて阻害《そがい》できるか？」

「できると思うけど確実に怪《あや》しまれる。あ、途切れた」

そのまま進むわけにもいかずそんなことを話していると、突如《とつじょ》スキルの発動が止まる。一瞬何で止めたのかと思ったが慌《あわ》てて時計を見る。秒針を見つめて、ちょうど1分。もう一度魔力が流れ出した。

発動時間はわからないけどクールタイムは1分だとわかった。つまりはそのタイミングで入れば何かされるといったことはない。

次のスキルが途切れる瞬間を見計らい、俺たちはダンジョンダムの中へと滑り込んだ。

スキルが途切れているはずの1分の間に入るため急いで手続きを終える。とはいえ、本人確認だけだから10秒ほどで終わる。

「じゃあ更衣室で装備を整えて、不要な物はコインロッカーに入れていくぞ」

少しハルの心配をしながらもさっさと更衣室に行く。そして周囲を見てみるが、これなら安全そうだ。警備の人の数が相当多い。

更衣室に入り、装備はおおかた身につけてきたので、残る胸当てやパーカーなどを装着する。刀に巻いてある布や紐をほどき、ベルトを使って腰につける。パーカーは『合成』したときにマジックテープの効果がなくなってしまったため、縫《ぬ》い付けた強力な磁石《じしゃく》で前を止めていた。

パーカーの裏にはポケットが付いており、そこに投げたり、予備として持つナイフを左右に2本ずつ入れておく。黒狼《こくろう》のナイフ1本と希狼《きろう》のナイフは腰につけておいた。

準備を終え、荷物を持って外に出るとロッカーの前にハルが立っている。今回は別にナンパしてこようとする奴《やつ》もいないようだ。まあ皆むき出しの武器を持ってるし、警備員もかなりいるからこれでナンパなんかする奴はよほど度胸《どきょう》があるか、ただの馬鹿《ばか》だろう。

「あ、おにい来た。ロッカー有料らしいから一緒に使お」

「あぁ、わかった」

それなりの大きさのあるロッカーに俺とハルの荷物を仕舞い、カギを取る。

「ん？　お金はどうしたんだ」

「払っといた。家に帰ってから請求するね」

「了解。じゃあ行くか」

「うん」

ダンジョンに入る前に周囲を眺《なが》めると、たくさんのヘルメットやフード付きパーカーの人がいる。これなら変に目立つこともなさそうだな。

受付に置いてあった1・2階層の地図を少し見て、3階層への最短距離とその周辺をハルが覚えるのを確認してダンジョンへと入っていく。フードを被り、不自然でない程度に顔を隠しながら。

「ハル、最短ルートに近いけど、普通のルートで3階層まで。そこからは『隠密《おんみつ》』で行く」

「了解。ついて来て」

ハルが歩いていくのについていくが周囲には人が多すぎる。十数メートル歩くごとに人とすれ違うような感じだ。

周囲の人はやはり西洋剣が多いが、ちょこちょこ刀も見かける。浅い階層で刀を使う人が多いのだろう。

4月の初めから探索を始めた人の中で一番早い人たちは昨日4階層目の探索に入ったらしい。3階層目からは人も少なくなり、モンスターが多く目につくようになった。

2階層までは大抵《たいてい》倒されており、生きているモンスターが見つからなかったのだ。

どちらにしろ武器を出さずとも倒せる相手なのだが、自分たちのレベルを知られないようにしなければいけないため、わざわざゆっくりと動き、敵の動きを受け止めながら、急所を外して斬《き》りつけ、何度か斬ってから倒すということを繰り返した。

ただ、これにはかなりのストレスが溜《た》まる。

だからこそ人がいないことを確認しながら瞬殺《しゅんさつ》したりしていたのだ。

さらに下の階層へ移動するのは、人が少ないときを狙《ねら》って行った。で、現在『把握《はあく》』や『察知《さっち》』で他の探索者とは絶対に出会わないようにしながら、普段のペースでダンジョンを駆け回っているのである。

曲がるときですらスピードを落とさずに壁を蹴《け》っていくのだから、そこらのモンスターが対応できるわけがない。俺たちはモンスターをさして殺すことすらせず3階層を走り抜けるのだ。

「おにい、遠くで何人か反応が消えた。戦ってた感じはなかったから、多分下の階層に行った」

「お、そうか。じゃあ俺たちも」

「うん。こっち」

ハルの『察知』ではダンジョンの構造を探ることはできなくとも、人の反応は探ることができる。そしてダンジョン内では階層間の干渉《かんしょう》ができないため、人が戦闘もなく反応を消したのであればそれは階層を移動したことに他ならないのだ。

人がいるところを避けながら走ったにも拘《かか》わらず、あっという間に4階層への階段に着く。さすがにこれ以上、下の階に行く人は素人《しろうと》ではないだろう。4階層以降に行くことはリスクが一段と高くなる。だからこそ絶対に見られないようにする必要があるのだ。

ただ——。

「あれはどうすればいいんだ」

「さすがに抜けられないよね」

階段の下には一組のパーティが座り込んでいたのだった。警戒《けいかい》していたため見つかることはなかったが、階層が異なり、『把握』と『察知』が反応しないので焦《あせ》った。

「おにい、少し遠くにモンスターがいるの。攻撃できない？」

「いや、どうやってだよ。って『座標』か」

「うん。リムドブムルを『解析』したときと同じ要領で」

ハルがこちらに差しだした手を摑《つか》むと、ハルが『察知』でつかんだ光景が頭に流れてくる。そこに『把握』をかけ、より鮮明にしてモンスターをはっきりと捉《とら》える。

「見つけたぞ。【ロス】」

そこにいたのは4匹のゴブリン。そしてこの階層の敵に魔法抵抗なんてものはない。どんな魔法でも思った通りの効果を与えることができるのだ。

俺の使った【ロス】はしっかりと全員にかかり、【ロス】をかけられたことに気づいたゴブリンがこちらの方を向く。いや、何らかの干渉を受けたことに気づいたと言うべきか。ゴブリンが真っ直《ま》ぐ《す》こちらに走ってくるのが『把握』を通してわかる。

「おい、おめえら。ゴブリンが3体来たぞ!!　しっかり構えろ」

「「「おう!!」」」

リーダーらしき男の声と共に、3人が武器を構えて広がる。そして戦闘が始まるのだが。

「こいつら攻撃が弱いぞ」

「手負《てお》いかもしれねぇな。さっさとやっちまおうぜ」

男たちはノリノリでゴブリンを倒していき、背後を高速で駆け抜けた俺たちの存在に気づくことはなかった。


「さすがに、4階層ともなると人はいないな」

「今日で一般公開から9日でしょ。私たちみたいにずっと潜ってるわけにはいかないから4階層に行ってたら一流。3階層でベテランって感じじゃない?」

「そんなもんか。まあ、『把握』の範囲内には全く人はいないしな。それにモンスターの索敵《さくてき》能力も弱すぎるし。にしても階段がない」

俺たちは4階層を駆け抜けながら、5階層への階段を探す。疲労は大してないのだが、4階層ともなるとそこそこの広さがあり、次の階への入り口を探すのが困難になってくる。

「まあ気長に探そ。もうこの階層来て30分ぐらい経《た》つけど。はぁー」

「そうなんだよな。はぁ」

二人してため息を吐くほどに階段がない。ハルが道を覚えて先導しているので、無駄に同じ道を通ったりなんかしていないはずなのだが。何しろ広すぎる。少なくとも俺たちの家のダンジョンよりは広いのではないだろうか。

「あっ」

あれからまた30分ほど走り続けた後、ようやく階段を見つけた。

「やっとあったね」

「あぁ、じゃあとりあえず5階層ボス討伐《とうばつ》に行くか」

「うん、とりあえず殺さないで様子見で」

「了解」

俺は武器を短剣に持ち替え、ハルはしっかりとトンファーを構え、扉の中へと入っていくのだった。

◆

「グギャ――――!!」

部屋に入ると同時に2メートルほどの大きさのゴブリンが不快な声で叫ぶ。

『ホブゴブリン』

頭に浮かんだその文字を見て、思わずふっと微笑《ほほえ》む。

「懐《なつ》かしいね」

「あぁ、あの頃は碌《ろく》に攻撃は効《き》かないし、これにびびってたんだよな。それにこの頭に浮かぶ名前も久しぶりだ」

ボスの名前が表示されるのは、ダンジョンで初めてそのボスを見た時のみ。だから俺たちが頭に浮かぶその名前を見るのも2度目となる。

ホブゴブリンがなまくらの剣を振り回し、こちらに迫って来るのを見て、希狼のナイフをその剣に添えた。

「グギャッ!!」

こちらが少し力を入れるだけでホブゴブリンは後ろに弾《はじ》き飛ばされる。

「おにい、ホブゴブリンの戦力45だって」

「まあ、そんぐらいだろうな」

俺たちの今の戦力は180後半。4倍もの差がついているのだからこうもなるだろう。よく考えてみればこの差は俺たちとリムドブムルとの差より小さい。

リムドブムルの戦力は1000と少し。今の俺たちの5倍から6倍だった。それでは勝てるわけがない。今の俺とホブゴブリン以上の差があるのだから。

そんなことを考えながらも、ホブゴブリンの剣をナイフで弾いていく。そこには勿論《もちろん》『反撃』のスキルも使っていて、着々と体力を削っていく。

既《すで》にホブゴブリンの体はふらふらで、剣を持つ手は震え、俺のナイフとぶつかるたびに剣を落としそうになっていた。

俺は一切攻撃をせず、ひたすら受け続ける。だからだろうホブゴブリンは休むことなく剣を振り続け、とうとう手から剣が零《こぼ》れ落ち、震える体は地面に伏した。

「ダメージにならない反撃ってのも馬鹿にできないな。で、ハル。家とこっちの違いはありそうか」

「ううん。今のところはないけど。多分この状態でないんだったらないと思う。あっ」

ハルの観察の結果、変化はないと判断したところで、後ろに違和感を感じてナイフを振るう。

「ギャグッ」

そこにいたのは全身を光らせてこちらに殴りかかってくるホブゴブリン。体に傷はないが、動けるほどの体力は残っていなかったはず。だとしたらこの力はスキルの影響か。スキルで力は増すかもしれないが、失った体力まで補《おぎな》えるのだろうか。

そんなことを考えながらもしっかりとナイフの側面で弾き飛ばす。今までより遥かに勢いのあったホブゴブリンの攻撃は、それでも俺には届かず、何もできないままに地面へと転がった。

「変化がないなら終わりか」

「そうだね」

ナイフをしまい、刀を抜いて倒れ伏したホブゴブリンに近づいていく。今更《いまさら》だが黒狼と人化《じんか》牛《ぎゅう》には高い知能があるようだった。こいつがそうでないなら、殺されるために生まれてきて、実験と称していたぶられて。俺たちが言うのもなんだが――。

「不憫《ふびん》だよな」

思わずそんな言葉が口をついて出る。しかし、この状況で頭の中は既に戦闘のことから離れていて油断していたからか。それは、弱者から見れば最後のチャンス。

「ギャアァァァ――!!」

疲れ切って動かない体を使った全力の咆哮《ほうこう》。そして光る身体《からだ》。

「おにい、下がって」

幸い、ホブゴブリンと俺との距離は幾分《いくぶん》遠かった。

その光る身体は、一気に膨《ふく》れ、醜悪《しゅうあく》さを増し、今までの速さの上限を軽く凌駕《りょうが》して俺に向かってくる。慌てて刀を前に突き出すが、おかしな程硬《かた》くなったその体に弾かれてしまい、落としてしまう。後ろに下がろうとした直後、ホブゴブリンの片方の手が目の前を通り過ぎる。

「進化した!?　ハル『解析』を使え!!」

光り、膨れたホブゴブリンはどう見ても先程までと同じモンスターには見えない。

手から抜け落ちた刀をそのままに、ハルの指示に従って後ろに下がり、ナイフを構える。

しかし追撃《ついげき》は来なかった。いや、できなかったのか。

それは俺を追うように力強く片足を前に出し、そのまま停止した。その目は光を失い、どこも見ていない。

「力尽きた？」

ハルの声と同時に、その体は上半身から霧《きり》となって消えていき、俺たちに残ったのはレベルアップを告げる力の上昇だけだった。

「今の何だったんだ？」

「おにいが不憫だ、って言った時から明らかに様子が変わった」

「あぁ、それに力がおかしかった。多分、人化牛より強かっただろ。速さも防御力《ぼうぎょりょく》もだ」

「うん。ちょうど『解析』のクールタイムも終わってたから、死ぬ直前に『解析』してみたんだけどね」

「どうだったんだ」

「戦力はその時点で197だった。ゴブリンキングだって。ホブゴブリンの進化系かな。しかもかなりの速さで戦力そのものが減少しながら。本当だったら私たちは死ぬかもしれない強さだったんだと思う」

ハルの言った言葉に思わずぎょっとする。ハルが俺たちが死ぬかもと言った。ならばゴブリンキングは土竜《もぐら》より絶対に戦力は高い。

「多分、力が下がる前の戦力４００以上」

「そりゃあ、俺なんかが勝てるわけもないな。はぁ、いったいこのダンジョンの不可思議現象は何なんだよ。というか、モンスターって進化すんのかよ」

理解が追いつかない。そもそもダンジョンを理解すること自体が不可能なのだが。

「主人公みたいだった。殺されずに、ただいたぶられ続けて。不憫って言われて、最後には殺されて」

殺されるたびに生まれるホブゴブリンが同じ個体なのかは不明だが、意思ある生物からすれば俺たちの戦い方は侮辱《ぶじょく》的だったのかもしれない。

「最後の力を振り絞《しぼ》って声を上げ、命を削って進化して。最後にほんの少しでも報《むく》いてやろうと限界を超えて死んでいく。英雄のかっこいい生き様《ざま》か」

ただ、力があるだけの俺たちとは違い、そのない力で圧倒的強者に立ち向かう。実験と称して、弱者をいたぶる強者に一矢《いっし》報いて、力尽きて、立ったまま死んでいったその姿。英雄そのものだったことに少しショックを受ける。

「でも、これじゃあさ」

「俺たちが悪役みたいだよなぁ」

別に今までもダンジョンのモンスターを倒すことが正義だなんて思ったことは一度もなかっ

たし、国や社会、他人のためになんて考えたことすら一度もない。全て自分たちの生活や金、そして娯楽《ごらく》のためにやってきた。その行動が、俺たちは社会に出る以前の子供であることを証明してしまっていた。

自分たちが悪役だと非難されて笑い飛ばされるほど社会の荒波にも揉《も》まれていない。

今一度、生物を殺すということがどういうことなのかを深く心に刻《きざ》み込んだ。

それでもダンジョン探索は絶対に止めたくなくて、少し考えが追いつかなさそうだ。

「今日はもう帰るか」

「うん。そうする」

ハルもいつも以上に無表情。ゴブリンキングが倒れたあと出現した魔法陣に歩を進めると、足元に散らばる小さなドロップアイテムに気づき、適当に拾って鞄《かばん》に突っ込む。

そして俺たちは魔法陣に乗ろうと思ったが、転移した先に人がいたときのことを考え、再び5階層入り口に転移してから、最短ルートを歩いてダンジョンの入り口に戻っていったのだ。

「ん？　お前ら大丈夫か。モンスター倒せなかったからって落ち込むなよ。最初は誰だってそんなもんだからな」

「ギャハハ。お前なんて最初スライムにビビってたもんな。うわぁ動いてる、気持ち悪いのがぁ。とか言いながらな」

「先輩としてアドバイスしてやってんのにそれはないだろ」

人に見つからないように上がってきたのだが、表情が戻せていなかったらしく、気さくなおっさんたちに絡《から》まれ励《はげ》まされる。

「ありがとうございます」

「うん」

俺も困ったようにお礼を言い、更衣室に向かう。ダンジョンダムの入り口をちらりと見ると、今も箱から流れ出る薄い魔力がうごめいている。

あれの対処も考えなくてはいけないのかと、ため息を吐きながら、ロッカーの物を出して、更衣室に入った。

持ってきていた普段着に着替え、更衣室を出る。ついでにトイレに寄って、バッグに突っ込んであったドロップアイテムをアイテムポーチに移しておいた。

そうして受付前にあるロビーに行くとハルが壁にもたれかかっているのが見える。真剣に受付にある黒い箱を眺めている。

そのまま『解析』したのか、メモ帳とペンを取りだし書き残そうとしていたので手を掴みそれを止める。

「きゃっ。っておにいか。驚かさないで」

ハルは若干《じゃっかん》不機嫌そうにこちらを見る。

「なんかあったのか？」

「今おにいに驚かされたのと、周りの視線」

ハルはむすっとしながらも返答する。

「そりゃあ、16歳は親の許可が必要なうえ、それを許可する親はほとんどいないだろ。それに今日は平日だから普通は学校だ。ハルは身長も平均ぐらいしかないしな、珍《めずら》しく思う奴もいるだろ」

「そうだけど」

ダンジョン探索免許を取るのもダンジョン探索も16歳を越えていれば、実際は親の許可がなくてもできる。大概《たいがい》、探索をする条件となっている装備を整えるというのが達成できないのだ。

そこら辺の金属バット程度じゃあ武器認定されないし、防具も一般人は持っていない。全て揃《そろ》えようとしたらそれこそ子供には用意できない額が必要になる。

その上、武器や防具が用意できたとしても18歳未満なら親の一存《いちぞん》で、免許停止が可能になっている。だからこその16歳探索可のルールであり、金にならないうえに命の危険すらもあるダンジョン探索をさせるような保護者はいないのだ。

というわけで、周囲にいる人で俺らと同年代だと思われるような人はいなかった。

「そういえば何で私の手、止めたの？」

「防犯カメラと人の目もあるからな。書いたことを見られたら、たまったもんじゃない」

「あ、そうか。じゃあ、もう出る？」

ハルの質問に少し迷う。さっきからこの受付にあるもの以外にも魔力を感じるものがあるのだ。

「ハル、他にも魔力を感じるものがあるか？」

「うーん、あ、あれかな。見つけた」

「俺らのスキルでも自動でスキルを使う装置なんて作れなかったし、ドロップもしてない」

「私も『解析』で調べたんだけど。結論から言うと、全部は調べきれなかった。あれ、たぶんスキルと科学を融合《ゆうごう》させてるんだよ」

「あぁ、そういうことか」

スキルと科学の融合。そりゃあ、一般人にはできない。それにしても。

「人化牛を倒して手に入る生産系統の技能を持っているということだよな。つまりは」

「ってことは最前線にいる自衛隊が作った装置。厄介《やっかい》」

相手が思った以上に大きかった。通称最強の人たちがダンジョンで拾ってきたものかと思ったが、もっと大きな組織が作った物だったようだ。だとすれば。

「下手に調べるのは悪手《あくしゅ》だな。帰るか」

「うん、そうしよ。外食は、無理だしね」

「武器と防具で全財産使い切ったからな。家帰って夕飯食べよ」

「うん」

幸い、出口には見張りだけで装置はなく、普通に出ることができた。別に犯罪ではないのに悪いことをしている気分になるが、もう慣れた。

そのまま普通に電車に乗り、問題なく家に帰った。

「さて、覚えてる範囲でいいからあの装置の『解析』結果を教えてくれ」

「うん。って言ってもそこまでのものじゃなかった。今からわかったこと書きだすね」

『下級狼鉄《ろうてつ》…下級狼の魔力が宿った鉄（素質把握）』

『下級狼鉄…下級狼の魔力が宿った鉄（表示）』

『下級狼鉄…下級狼の魔力が宿った鉄（発動）』

『下級狼鉄…下級狼の魔力が宿った鉄（接続）』

「これが使われてた部品で、箱の中にこの4つの金属が入っていて、電子機器を動かしているんだと思う」

「ちなみにこのスキルの効果は何だ」

「これだね」

『素質把握』
種類：スキル
発動時間：３ｍ

クールタイム：1m
先天的スキルを調べる

『表示』
種類：スキル
生物へ送り込まれる情報を可視化《かしか》する

『発動』
種類：スキル
スキルを保有する物体に触れたとき物体が保有しているスキルを外に使用する
基本的に常時発動

『接続』
種類：スキル
発動時間：次スキル使用まで
スキルをつなげる

「『素質把握』『発動』のスキルで自動で調べた情報を『接続』し『表示』スキルで文字化。その情報をデータ化して保存してたんだと思う」

「ん？　そういえばスキルって外で使えないものが多いだろ。何で使えてるんだ？」

「うん。でね、『解析』してみたら、あの装置って『超小型ダンジョン』って言うんだって。たぶん箱の中身がダンジョンと同じ状態なんじゃない？」

「それで、あの箱の中ではスキルが使えるというわけか。厄介だな。で、俺たちが見た薄い魔力の正体は『素質把握』だったと」

「先天的スキルは生物が技能とは無関係に得ることのできる最初のスキルだって。多分おにいが『把握』で、私が『察知』だと思う。でもこうやって知らない内にスキルを把握されてるけど、個人情報って大丈夫なのかな？」

「プライバシーだなんだって騒ぐことはできても、個人情報と明確に定義されていないんだろうな。今後は変わるかもしれないが、そもそも気づいてる人がいない。スキルの発動によって察知できる魔力なんて微々たるもんだからな」

「先天的スキルが魔力感知系だったとしても、自分が何のスキルを持ってるかは5階層のボスを倒すまでわからないから違和感しか感じないと。面倒《めんどう》だよね」

バレなきゃいいとでも言うような国のやり方に二人そろってため息を吐きながらも、どうにもならないので思考を切り替える。

「そういえば私たちが5階層で手に入れたドロップ品も見てなかったね」

「あ、そうだな。前回はドロップしたことに気づかなくて『自己鑑定』逃したんだよな」

「ほらドロップ品出して。私たち悪役みたいになっちゃったんだから、せめて主人公ホブゴブリンが落としてったもの利用しなきゃ」

「はいはい。ドロップ品は、鉄のカード2枚、銀1枚、金1枚、黒1枚だな。金と黒は後回しにして鉄と銀だけ使うか」

カードを順に手に取り試してみる。銀のカードが駄目だったので、鉄のカードを手に取ると片方だけ反応した。

『材質：？？？　性質：？？？』

「んあ？」

いきなり頭の中に変なものが表示されて、カードはそのまま霧となって消える。それと一緒に表示も消えた。

「おにい、どうしたの？」

「いや、なんかスキルカード使った瞬間に何か出たんだが」

「あー、おにい『解析』系のスキル手に入れたんじゃないの。見てあげる。おぉ、手に入れてるよ。ん、これ自分で見れない？　『物質認知』だって」

自分の手を見て『物質認知』と頭の中で考える。すると、

材質：生物
戦力：194
性質：隠密・座標・物質認知・スピード・パワー・ガード・バインド・チェイン・スロー・ロス・把握・加速・合成

「あ、ほんとだ。でもハルのに比べるとかなり見にくいぞ。魔量と強度が分かれてないし、魔法とスキルとパッシブの区別がついてない」

「へぇ、じゃあ『解析』の下位スキルかな。そういえば『自己鑑定』も『解析』みたいに詳《くわ》しくは見られないんだよね。名前と技能と魔属性が見られないらしいよ」

「つまりは『解析』の下位スキルに『鑑定』があって、下位スキルの中には『認知』スキルもあるってことか」

「多分そう。ちなみにスキルの詳細はわかる？」

「ん、これか」

『物質認知』
クールタイム：10s

認知系第1スキル

「これだけだな」

「やっぱり情報は少ないね。『解析』を使ったらこんな感じ」

『物質認知』

種類：スキル

クールタイム：10ｓ

魔力的抵抗を持たない物の詳細を認知する

「認知系第1スキルっていうのはないけど、私の方が詳しく書かれてるね。ちなみに私に『物質認知』って使える？　今できるだけ抵抗しないでいるんだけど」

「あー、無理だな。抵抗しないでいても少量は魔力的抵抗があるんだろ」

「そうだよね」

スキルを確かめながらもハルはまだ使っていなかったカードを使う。

「私の新しいスキルもわかったよ」

名前　：ハルカ
技能　：魔法・工作
魔属性　：崩・(爆)・(雷)
レベル：56
強度　：64
魔量　：132
スキル：解析・魔弾・暴走
魔法　：(ボム)・(タイムボム)・(インパクト)・ナンバー・(プラズマ)・亀裂《きれつ》・剝離《はくり》・障壁
パッシブ：魔力回復・察知・工作・魔力操作

「なんかずいぶんと物騒なスキルを手に入れたな」

『魔弾』と『暴走』という字に思わずそんな言葉を口にしてしまう。

「うん。『魔弾』は普通に魔力をそのまま打ち出すスキルで、『暴走』は常《つね》に魔力を使って能力を上昇させるってやつだね」

「まあ、それは次回使うまで置いておいて。じゃあ、金と黒を見るか」

「うん。なんか私は金な気がするんだよね。そっちに目が行くというか。何も考えることなしにいつの間にか使ってそうな感じ」

「俺もそんな感じだな。黒に引っ張られるような感覚だ」

何となく視界がそちらに寄るような感じがする。

「じゃあ、せーので触るよ。せーの!!」

ハルのかけ声に合わせ、黒いカードを使用する。

一気に体の温度が上がるような感覚だったのが、突如悪寒《おかん》が襲《おそ》ってきた。頭の中に歪《ゆが》んだ文字が浮かぶ。

『支配』

その文字が消えると共に体の熱がすっと引いていった。

「おにい、どうだった」

横ではハルが笑みを浮かべ、こちらを見ていた。

「『支配』だって。詳細はわからん」

「そんな時は私に任せなさい。私のカードは『スキル昇華《しょうか》』ってやつでね。スキルを進化させることができるの。だから『解析』を進化させて、ステータスだけではなくその魔法の詳細まで把握できる『看破《かんぱ》』にした。魔力抵抗関係なしってわけじゃないけど、自分より魔力が低い人は強制的にできるみたい」

ハルはよほど嬉《うれ》しかったのか、まくしたてるようにしゃべる。

「それはいいな。俺のスキルはどうなってんだ?」

聞きながら自分の魔力を放出し抵抗する。

しかしハルの方からこちらに向かってくる魔力は細くなって進み、俺の魔力の間を縫って悠々《ゆうゆう》と近づいてきて、いとも簡単に俺に触れた。

「抵抗しないでよ。できた。これね」

名前　：トウカ
技能　：付与・合成
魔属性　：無・(呪)
レベル：56
強度　：79
魔量　：115
スキル：隠密・座標・物質認知・支配
魔法　：スピード・パワー・ガード・バインド・チェイン・スロー・ロス
パッシブ：把握・加速・合成

「で、気になる『支配』の『看破』結果がこれ」

『支配…自《みずか》らの実力に見合う魔力だけを支配する』

「うん、意味わからん」

「だよね。いつものことながら」

「さて、時間も時間だし夕食作りますか」

「待ってるね。明日はダンジョンに潜ろ。私暇《ひま》だから、ごみスキル探しとくね」

俺たちはいつも通り重要な話をぱっと頭の隅《すみ》に追いやり、平和な生活に戻っていくのだった。

ダンジョンに不穏《ふおん》な空気が漂うことに気づくのはまだ先になりそうである。

◆

あれから3週間が経《た》ち、日本の各地のダンジョンで5階層のボスを撃破したパーティが出てきた。一つのパーティが撃破してからはそれに追随《ついずい》するように幾多《いくた》のパーティが挑《いど》んでいったのだ。

そもそもホブゴブリンはスキルがなくても勝てる相手であるのだからそこまで苦戦はしなかったそうだ。

一番大変なのは精神面で、俺たちが経験したようにホブゴブリンはそれまでのモンスターに比べて圧倒的に防御力が高く、何度も攻撃を加えなければいけない。

人型のモンスターを殺そうと、鈍器《どんき》や鋭利《えいり》な刃物で攻撃し続けることに耐えられずに、探索者を引退する人も出てきていた。そうなれば当然のように欠員が出たパーティが新たなメンバーを探さなきゃいけないわけで。それがまた人間関係の問題を引き起こすことになるのだ。

既に過度な勧誘や喧嘩《けんか》が原因で、ダンジョン内で拘束《こうそく》された人もいるらしい。

別に俺たちのように4人いなくても探索は可能だし、レベル上げの効率もいいのだが、それまで4人でやってきた人たちがいきなり3人になるのは思いのほか支障が出るらしい。

今のところは死者は出ていなくて、せいぜい重傷者で収まっている。

俺たちはといえば、俺は東京に行く旅費や日々の食事、他にも電気代などの生活費を稼《かせ》ぐために日雇《ひやと》いの高額バイトに行っている。資材運び、時給1500円。ステータスのダンジョン外での影響は少ないとはいえレベル50台まで上げたんだから、ステータスの影響で力はそこらのマッチョと同等だ。

そのおかげか案外簡単にバイトは取れた。

ハルは今まで『解析』のクールタイムが1分もあったせいで見ることができていなかったドロップアイテムに『看破』を使ってにこにこしていた。

それに加え、料理以外の家事を全てハルが受け持ってくれるようになったのが嬉しい。そんなつもりはないのだが、完全に専業主婦状態になっている。

それはともかく、『看破』のクールタイムは30秒らしく、今まで以上に詳細な情報を見ることができるらしい。『解析』とは違い『看破』は自分の頭の処理能力に応じ一気にたくさんのものを調べることができたのだ。

そしてハルはとても優秀だった。一気にアイテムを何十個と調べ、『看破』でわかったアイテムの説明をメモしていく。おかげでハルも俺がいない状態で不安になることもなく平穏《へいおん》無事な日々が過ぎた。

そして俺たちは現在、朝食兼、家族会議中である。俺は時給１５００円のバイトを6時間程度19日間やっていたので17万円ほど貯《た》まっている。全て貯金と生活費に回ったが。

「さて、俺たちは、ゴブリンキングを倒した日から6階層で食料調達のための狩《か》り以外していなかったわけだが、昨日ついに朗報が飛び込んできた」

正確にはバイト仲間のおっさん探索者集団から聞いた話なのだが。

「なんか最近あったっけ？」

ハルは首を傾《かし》げている。そりゃあそうだ。ネットでも正式には公表されていないのだから。

「そろそろホブゴブリンを倒した人が増えてきただろ。で、アイテムの流通が始まった」

「おぉー。これでお金が稼げる」

「ただし、だ。安い。今のところ高額で買取が行われてるのは肉と毛皮だけ。他の物は使い道も難しいから安く買い叩《たた》かれるらしいぞ」

「ええ、ってことは」

「今のところは大した金にならないってことだな。どう考えてもバイトした方が稼げる」

「そっかぁ」

ハルは肩を落とす。まあ仕方がない。というわけで俺たちの娯楽を再開するとしよう。

「今日からはダンジョンに潜らないか？　新しいスキルも試したいし」

「うん。行く。行きたい」

ハルは目を輝かせ、話に乗ってくる。

「よし準備するか」

「了解」

俺たちはそそくさと装備を整え、組手をしてからダンジョンに入っていくのだった。

「でも、最近ダンジョン探索にレパートリー少ないよね」

「仕方がないだろ。森林より先には行けないんだから。リムドブムルを倒すにはまだまだ遠いからな。よし、ここらへんでいいか」

「うん。じゃあ、いつも通りスタンピードを起こして乱戦しながら実践《じっせん》してもいい？」

「いいぞ。頼む」

俺は素早く三角跳《と》びで木の上に上ると周囲を見渡す。当たり前だが木しか見えなかった。

「いくよー。【インパクト】【ディカプル】」

ハルの魔法が周囲の木々の根元を抉《えぐ》っていく。

「じゃあ、こっちもだな。【バインド】」

根元を抉られた木に向かって、【バインド】を使い、俺たちに当たらないように地面に倒す。遠くから無数のモンスターの叫び声が聞こえてくる。言葉では表現できないほどの量だ。いつもより少し多いだろうか、よくわからん。

「じゃあ、私がこっちで」

「俺がこっちだな」

背中合わせになって歩き出し、俺は新しいスキルを発動する。

「『支配』」

魔法ではないのだから本来は出さなくてよい言葉を、何故《なぜ》かその方が良い気がして口に出す。頭が急速に冷めてきて、体の中にある魔力が噴《ふ》き出してきているのがよくわかる。魔力は俺の周囲を渦巻《うずま》いていき、俺が手を前に出すと魔力も大きな手の形になって現れた。

「自己の魔力の支配か。ハルの『魔力操作』の進化系みたいなもんなのか？」

魔力をまるで体の一部のように動かすことができる。ただ、スキルのはずなのに魔力が常に消費されていく。さっさとやった方がよさそうだ。

ドォオオオン!!

後ろから10回や20回では済まない爆発音が聞こえる。ハルも始めたようだ。この様子だと『暴走』を使ったのだろうか。

「よし、俺もやるか」

魔力を自分の手足のように使える今、魔法の制限を取っ払うことも容易である。

俺は言葉もなしに【スロー】の魔法を行使する。『座標』の力も合わせ、超広範囲で、敵全体を覆《おお》うように。

そのままその範囲に【バインド】を使用。ただし拘束するためには使わない。

【バインド】でできたいつもより巨大な茨《いばら》は動き回り、モンスターを切り裂き、抉り、弾き飛ばす。一匹の脱走も許さない。

茨は正確にモンスターたちを捕らえ、真ん中に集める。

俺は力強く手のひらを合わせて合掌《がっしょう》をする。するとたくさんの茨は一気にモンスターたちに迫り、まとめて握り潰《つぶ》した。

それを最後に自分の魔力を使い切ったようでふらっとしてしまう。

周囲にモンスターの影はなかった。いつの間にかハルの戦闘音も止んでいた。

「お疲れ。やっぱり私の方が早いね」

「無理言うな。そもそも俺は殲滅《せんめつ》に向いてないスキル構成なんだよ。で、新しいスキルはどうだった？」

ハルは迷った風な様子を見せてから話し始める。

「正直言うとよくわかんないって感じなんだけど、『暴走』ってちょっと気分がハイになって、自分の魔力的制限がなくなってた。だから属性関係なしに【インパクト】と【剥離】と【プラズマ】を同時に使ってたの」

「つまり『暴走』の効果は魔属性と魔力の制限解除か」

「うん。それと自己の強化。多分それだけだと思う。『魔弾』は不可視の魔力の弾丸《だんがん》かな。私とかおにいみたいに魔力が直接見えたらただの遠距離攻撃だけど。おにいのはどうだった？」

ハルのスキルを大体理解したのでこちらも説明を始める。

「こっちのスキルも制限の解除だな。魔法の数、大きさ、詠唱《えいしょう》の有無《うむ》が自由に決められる。多分『魔力操作』の上位互換《ごかん》のようなものだな。それと大した量ではないが空気中にある魔力にも干渉《かんしょう》できた気がする」

「へぇ。ってことは——。おにい、少しの間だけ『支配』使える？」

ハルの質問に体の中を意識してみると少しだけ魔力が回復している気がする。

「数秒ならできるな」

「じゃあ、私が『看破』をおにいに使うから、おにいは『支配』を使って抵抗して。行くよ。せーの」

「『支配』」

ハルの『看破』が細い魔力となって、こちらに向かってくる。あれをそのまま防ぐのは難しいだろう。

俺は『支配』を使用、ハルの放った『看破』のスキルの動きを支配し、跳《は》ね返す。

跳ね返された『看破』は真っ直ぐハルのもとへ戻り、ハルに当たると同時に、俺の頭の中にステータスが浮かんだ。

名前　：ハルカ
技能　：魔法・工作
魔属性　：(崩)・爆・(電)
レベル：56
強度　：64
魔量　：132
スキル：看破・魔弾・暴走
魔法　：ボム・タイムボム・インパクト・ナンバー・(プラズマ)・(亀裂)・(剝離)・障壁
パッシブ：魔力回復・察知・工作・魔力操作

先程ハルが自分に『解析』を使った時とほとんど同じ内容。つまりは、

「人のスキルを乗っ取ることもできると？」

「そうだね。私が抵抗してなきゃ、だけど。もっと丁寧《ていねい》に魔力動かさないと簡単に抵抗されちゃうよ」

「わかった」

ハルにアドバイスをもらいながらそこらに散らばるドロップアイテムを拾っていく。

全てアイテムポーチに入れ、階段のある洞窟《どうくつ》の部屋に行き、アイテムポーチに入れたドロップアイテムを全て出す。

ハルは『看破』でまとめて見ることができるようになり、俺は『物質認知』によりアイテムの素材とスキルの有無をハルよりも早く調べることができるようになった。なので、帰る前に要《い》るものと要らないものを分けようということになったのだった。

「今日のごみスキルは2個で、持って帰るのはこれだけだな」

「うん。他の物は捨てて行こ」

こうして俺たちはいつも通りダンジョン探索を楽しむのである。

◆

あれからさらに1カ月ほどが経ち、俺たちはいつも通りの時間に起床し、ネットで今日のニュースを見ている。そこで面白《おもしろ》そうな、いや、実際のところは面白いなどとは口が裂けても言ってはいけないのだろうけど、ダンジョンで事件が発生していた。

『東京ダンジョン9階層にユニークモンスター出現』


見出しはこんな感じで、要は9階層に変わった強いモンスターが出たよってことだ。問題なのはこれによって出た被害で、死亡者3名。最後の一人が命からがら逃げてきたそうだ。

これが日本のダンジョンの一般公開後に出た初めての死者となった。

そういえばあまり話を聞かない他県のダンジョンには、日本最強の5パーティが転々としており、常に最前線で活躍しているらしい。加えて言えば探索者が東京ダンジョンと比べるとかなり少ないため、問題が起きにくいのだ。

俺たちの調査によると、世間《せけん》でユニークモンスターと呼ばれているレアモンスターは一定の場所でモンスターを狩り尽くす行為を続けると出てくることがわかっている。

勿論、森林以外の階層でも実験済みであり、1階層から4階層とボス部屋でも〝ユニークモンスター〟は出現しないことが判明している。

つまりは今回のユニークモンスターの出現は探索者が集中している東京ダンジョンならではの現象であり、そして運悪く、圧倒的な強者が出現してしまったというわけだろう。

その対策として最強の5パーティの中で最もレベルの高い勇者御一行が、急遽《きゆうきよ》、北海道ダンジョンから招集され討伐に乗り出すそうだ。それに加え、今まで公開されていなかった政府直属の特殊部隊を含む計10パーティも周囲の安全確保のため参加するらしい。

そんなことをするくらいならば最前線にいるであろう自衛隊を出せばいいと思うのだが、勇者御一行たちや、特殊部隊のアピールも狙っているのだろうか。または最前線の自衛隊はどうしても秘密にしておきたいのだろうか。

モンスターの戦力を容姿だけで判断し侮《あなど》って挑む阿呆《あほ》な挑戦者をなくすためとも考えられるが、正確な情報はどこにもなかった。

ただ、９階層を探索していたパーティを壊滅状態に追い込んだのだから、レベル20は余裕で超える強さを持っているだろう。

俺たちの最近の成果と言えば、久しぶりに魔道具なるものを手に入れたことぐらいだろうか。

ハルが調べてみるとこういうものだった。

『スキルボックス…スキルを一定数収納できる』

形は普通の金属の箱で、使い方はわからなかったのだが、色々と試しているうちに、箱の上にスキルが付与されたアイテムを置き、側面にある魔法陣に魔力を流すと、上に乗ったものは消失し、スキルだけが箱の中に保存されるのだと判明した。

調子に乗ってスキルを付与したプレートを全てスキルボックスに使ってしまったが、スキルボックスの容量は思いの外、大きいようでスキルが入れられなくなることはなかった。ちなみに入れたごみスキルは１００を超える。

ついでに言うと、俺たちが苦労して作ったスキル保存用のプレートを全て使ってしまい、消え去ってしまったことには後悔した。『合成』で他のごみドロップにスキルを移してからスキルボックスに使えばよかった。

スキルボックスに入れたスキルの取り出し方は、箱の上にスキルの付いていない物を置き、横の魔法陣に何のスキルを取り出すかを念じながら魔力を入れるだけ。大体一個のスキルに魔量を10ぐらい使えばできる。

『合成』を使うと、ほとんど魔力消費なしで簡単にできた。

さて、季節は6月に入り、じめじめとした気候が続いて、我が家には雨漏《あまも》りが起き始めていた。普段の雨は平気だったのだが、毎日続く豪雨には耐えられなかったらしい。というわけで。

「よし、改築しよう」

ハルが元気に言い出したことなのだが、何馬鹿を言ってんだと。しかしよく考えてみれば俺たちは『合成』も『工作』も使うことができる。おそらく人化牛討伐で手に入った生産系のスキルはダンジョン外でも使用ができる仕組みなのだろう。これを使えば家を丈夫にできるのではないかと思った。

まずは既に容量を超えてしまったため、物を入れることができなくなった壺《つぼ》から、材料を次々と出していく。

石材や木材だけでもそれなりの種類があり、使い道がない低階層の物でもサンプルとして5個ずつは保存してあるので、色も選べた。

そこから、より家の壁の色に近い材料を探し、取り出しておく。

材料が用意できても晴れている日に作業しようものならバレかねないので、大雨の日に作業することにする。幸い明日は大雨でそのあとは数日晴れが続くらしい。

つまりは足りない材料集めは今日中にやっておかなくてはならないと。

家の外壁に使う材料は全て決めたので、次は家の内壁に使う材料を決める。この作業は家の中のことなので自重《じちょう》しなくていい。森林で手に入るアイテムを使うことにしよう。

森林の素材はたんまりと壺にあるので足りないのは家の外壁に使う材料か。

低階層で手に入るものはサンプルしか残してないので、狩りに行く必要があるのだが、量は数十キロもあれば十分なはず。

「よし、ハル。狩り行くぞ」

「了解」

俺たちは、ぱぱっと装備の着用や組手を終わらせ、ダンジョンの中に入っていった。

ただ、雑魚《ざこ》を狩るだけの作業は俺たちにとって苦痛でしかなく。

「「もう嫌だ」」

終わるころには死んだ目をした二人が立っていたのだった。

しばらくして全ての素材が集まり、俺たちは家に戻る。

さすがに疲れ切っていたので、転移で帰った。時間は22時。昼ご飯しか持ってってなかったので夜は食べていなかった。

しかし、体はというより精神が疲れ切っていて。

「ご飯いい。寝る」

「俺も」

二人そろって夕飯も食べずに寝てしまった。ちなみに木の採取のためにトレントを狩っていた時、一体のユニークモンスターを倒し、木でできた杖《つえ》をドロップした。長さは1メートルほどで老木のようにぼこぼこしており、先端には魔法陣が入った琥珀《こはく》が付いていた。

スキルも付いていて『**聖域…モンスターだけが入れなくなる空間を作り出す…**

強スキルと思ったのだが、この文章には続きがある。

…回復技能の者のみが使用できる』

簡単に言えば、俺たちには装飾が綺麗《きれい》で魔法陣が彫られているただの杖ということだ。強スキルが付いたアイテムは初めてだから期待したのに、それはあっさり裏切られてしまった。

そのスキルをごみスキルと纏《まと》めておくのもどうかと思ったのと、杖の装飾自体がとても美しかったので、手は加えずそのまま保存しておいた。

朝起きると外は豪雨。そして家の中にあるバケツへと水が滴《したた》る音。現在雨漏り進行中です。

運が良いのか悪いのか、豪雨の上に風もそこそこ吹いており、外には車一台通っていなかった。そもそも晴れの日でも車はあまり見ないのだが。

「さて、おにい。やろっか」

ハルは安全のためにいつもの探索用装備に着替えるとその上から合羽《かっぱ》を着る。

俺も同じような服装に着替え、必要なアイテムがアイテムポーチに入っていることを確認してから外に出る。

「うわっ、さすがに雨強いな」

雨は完全に横殴りになっていて、防水スプレーなど便利なものがない我が家の靴はあっという間にびしょびしょになってしまった。それでも改造したおかげで金属製のスパイクはしっかりとしている。雨でも氷の上でも滑らないのだ。

俺の『把握』やハルの『察知』で周囲を調べてみるが、人がいるような気配はない。

では、

「作業を始めるか」

何歩か後ろに下がり、滑らないことを確認したら、ぬかるんだ地面をしっかりと蹴り、全速力で家に向かって走り、思いきり上に跳んだ。

上げた手は容易に屋根をとらえ、勢いそのままに屋根に上がる。そして、手を下に伸ばすとハルが捕まったので引き上げた。

まずは、我が家の屋根となっている瓦《かわら》。これ全てをダンジョン産の石材にしなければいけない。しかしそうしようとすると瓦の枚数だけアイテムが必要になってしまう。

そこで俺たちは考えた。そういえば地下室にあったセメントの粉。あれは処分していなかったはずだ。セメントは考え方によっては石だろう。よし瓦を全てつなげよう。というわけでセメントに水を混ぜ、使える状態にしたのをアイテムポーチに入れて持ってきている。そして、セメントによって屋根の瓦が全てつながった。さて、『合成』に移ろう。

右手で屋根に触れ、左手をアイテムポーチに入れることで、屋根の材質を次々に変えていく。俺たちが集めた石材は余裕で足りて、全ての瓦をダンジョン素材に変えることができた。次に、石材を一枚はがしその下にある屋根の木材に触れる。

おそらくはこの木に水が通って劣化したことなども原因の一つとなって雨漏りしたのだろう。というわけで屋根の下の木材にも『合成』を使い、ダンジョン素材に変えていく。なお、内側部分は見えないので存分《ぞんぶん》に森林の素材を使った。そして仕上げに移る。

このままだと『認知』や『鑑定』、『看破』のスキルを持つ人が見たときにダンジョンの素材だとわかってしまう。それを避けるためには、『工作』スキルを持っていない俺が自力で改造を加えなければいけないのだ。

ダンジョン素材は『工作』スキルを持っていない人が手を加えれば、見た目や強度はそのままで、ステータスだけ失われてしまう。

ステータスを失ってしまったアイテムはダンジョン探索においてはもう役に立たない。しかしそれが地上であれば話は別だ。

俺は、コンクリートの影響でダンジョン素材に変化した屋根を、金槌《かなづち》でコツコツと叩きながら元の見た目と似た形に加工する。

俺はハルのようにダンジョン素材を加工できるスキル『工作』を持っていないため、俺が加工した屋根はダンジョン素材としての効果を失い、ただ硬いだけの素材へと生まれ変わる。

ダンジョン素材でないのならば『解析』や『看破』などのスキルで見られても、その結果が映ることはない。この家とダンジョンの関係を気づかれることもないだろう。

次は壁なのだがここはあまりすることがない。ただ、ダンジョン素材に変えることと、俺自身が加工し、ダンジョン素材としての効果を失わせる必要があると考え、麻《あさ》の紐で全ての壁をなぞるように囲む。

『合成』は素材と合成先が同じ系統の素材であれば使用しやすい。我が家の壁の素材は木、植物だから紐も植物である麻を使用した。

目論見《もくろみ》は成功し、壁をまとめて『合成』し、俺が軽く手を加えれば、その壁もステータスを失い、よく見なければ変化がわからない程度に材質不明の丈夫な壁になっていた。

家の中でも同じような作業を繰り返し、夕方までかけて家のリフォームは終了した。

「さぁ、家のリフォーム祝いします――」

「おにい。次は地下室のリフォームに行くよ」

あ、そうですね。はい。

地下室の壁や床なども木材と石材で、『合成』することになったのだ。

ただ一つそこで気づいたこと。いや、驚いたこと。

よくこの家は今まで崩《くず》れなかったなと思った。そしてこの家は欠陥住宅だな、とも。

いや、土台とかはしっかりしていて傾くことはなさそうなのだが、ただ床の下に空洞《くうどう》があった。なんか床の響き方が違うので調べてみたら最大で高さ2メートルの空洞ができていた。これには思わず声を上げた。

対処しようにも業者を呼ぶ金もないし、呼んだらダンジョンの存在がバレてしまう。二人だけの長時間に及ぶ家族会議の結果、とりあえず自力で埋めておくことにした。何もしないよりはマシだろう。

ダンジョンができたせいか、時の流れで沈んだか、もともと欠陥住宅なのか。よくわからないが、アイテムポーチを持って家の近くの山に行き、土をもらってきて、空洞はしっかりと埋める。ついでに余った石材を『合成』して、支柱にしておいたから多分大丈夫。

土だって圧縮して長い年月が経てば岩になるから余裕で『合成』できるのだ。

ちなみに床下の空洞へ土を入れるには、まずドリルで床に直径5センチほどの穴をあけ、そこに土がたくさん入ったアイテム袋の口を突っ込み、土だけを放出します。ほら簡単。

というわけで、やっと家のリフォームが終わった。

「お疲れー」

後ろではハルが「パーティ♪　パーティ♪」と手を叩いている。

「じゃあ夜ご飯作って。おにい」

「少しは休憩《きゅうけい》させてくれ」

文句を言いながらも夕飯はしっかりと作る。

料理が日課になっている今、疲れていてもしっかりやるのだ。と言いたいが、昨日は作らなかったことを反省し、さっさと作り二人で食べ始める。

「そういえばハル。勇者御一行っていつ東京来るんだ？　一応見ておきたいんだが」

「ん？　んー、東京に着いてもすぐに探索に出るわけじゃないと思うから、数日後じゃない？」

「じゃあ、その日に東京行くか」

「わかった」

俺たちのランニングは大雨なのでお休み。

おとなしく風呂に入りしっかりと睡眠を取ったのだった。

そして一つ気づいたことがある。

「今日、ハルってほとんど何もしてなくね？」

それに気づいたときにはハルはもう寝ていて、俺は泣き寝入りを決め込むのだった。

ちなみに俺は細かなことは寝たら忘れるタイプである。

高等探索隊と呼ばれる強力なスキルを持った人物だけで作られた政府直属のパーティが今日も東京ダンジョンの調査を進めている。

隊の中でも戦闘、偵察《ていさつ》、支援がそれぞれ得意なパーティなど、色々なチームが作られている。

現在は安全第一ということで4パーティの計16人で行動しているらしい。

ダンジョンには4人より多い人数で探索するとデメリットが発生するという性質がある。デメリットの内容は経験値とドロップアイテムの取得不可。そしてモンスターの異常発生、スタンピードの発生。

疲れるだけ骨折り損《ぞん》。それにも拘わらず誰が大人数で行動するというのだろうか。

それは経験値やアイテムを目的としていない人たちだ。

例えば——。

ある特定の強力なモンスターを駆除しなければいけない人。

現在ボスは9階層内を動き回っているため、一般人の9階層への侵入は禁止されている。

といっても転移の魔法陣があるので、一度でも黒狼を倒した人は9階層を通る必要がない。

そもそも9階層まで行ける探索者のパーティは片手で数えられるほどしかいないのだから、文句など出るわけがない。

高等探索隊も一度だけユニークモンスターが8階層に上ろうとしたとき、交戦することがあった。ユニークモンスターの強さは規格外としか言いようがなかったが、高等探索隊も強いスキルを持っている。それは戦闘系技能だけではないが、それでも全員がパーティで黒狼を倒すレベルにはなっているのだ。

そんなメンバーがデメリット無視で16人で戦って、ユニークモンスターを何とか9階層に止《とど》めたらしい。

勇者御一行が東京ダンジョンに着くのは明後日《あさって》。情けないことに高等探索隊は勇者御一行の到着を待つこととなった。

4章 — Chapter4

兄妹は影の最強となる

BASEMENT DUNGEON

「お願いします」

「はい、確認しました。現在9階層への立ち入りは禁止されていますのでご注意ください」

「ははは、そこまで行ける実力があったらいいんですけど」

俺たちは現在、ダンジョンダムにいる。一昨日《おととい》にリフォームを終え、昨日は引き続き大雨だったのだが、今日はしっかりと晴れ、東京へ来るのも楽だった。

今日、勇者御一行はダンジョン市場で生《なま》放送のテレビ番組に出演するらしい。

そのおかげかダンジョンダムにいる人が若干《じゃっかん》少ないような気がする。

「じゃあ、ハル。またな」

俺たちが分かれて更衣室に行くと外から声が聞こえてきた。

「私たち勇者御一行は、その名にかけて、無事、ユニークモンスターを討伐《とうばつ》して参ります!!」

どうやら勇者御一行はそろそろ探索に挑《いど》むらしい。となるとこれから徐々《じょじょ》に混《こ》み始めるのか。

少し急いで着替えを終えると、すぐにダンジョンに入って、転移の間から5階層に移動する。

「じゃあ、行くぞ。人目も気になるからスピードは抑えめで」

「道はどうするの？」

「大まかな地図がネットに転がってたから覚えてきた。行くぞ」

俺たちは小走りで9階層へと向かう。途中たくさんの探索者にあったが、基本右側通行で距離を空《あ》け、顔を上げて歩くようなマナーができたらしい。

何でも、右利《き》きの人が多いので、左に攻撃するのは一瞬遅れるからだそうだ。

ダンジョン内での急襲《きゆうしゆう》に備えるために誰かが提唱し、それが広がったらしい。

ということで俺たちは他の探索者が通ったら右に寄って歩くというのを繰り返している。

そこから着々とダンジョンを進んでいき、7階層に入ったあたりで周囲を警戒《けいかい》し始める。現在一般人の最高到達階層は11階層。

ダンジョン公開から2カ月以上の月日が経《た》ち、実力に差が出始めているのだ。

なので前線にいる人は7階層あたりにいることが多いらしい。

つまりこのあたりの階層にいる人は一流とはいかないまでも、優秀な冒険者である。下手に顔でも覚えられたら厄介《やつかい》なのだ。

他の探索者に会わないように、道を変更しながら苦労して9階層まで降りたときには大分時間が経ってしまっていた。

「ハル、人の反応はどうだ？」

「あるよ。というかおにいでもわかる範囲に二人。なんか変だけど」

「やっぱり俺の勘違《かんちが》いじゃないよな」

俺が『把握《はあく》』で確認できる範囲に二人いるのだが、反応が異様に小さい。

二人とも強くなさそうなのだが。

「おにいの『隠密《おんみつ》』みたいなスキルじゃない？　スキルの強さは『隠密』よりはるかに強いみたいけど」

「あぁ、レベルにふさわしくない強スキルを持っていればそうもなるか。で、俺たちはレベルが高いから見破ることができたと」

「たぶんね。おにい、協力して『看破《かんぱ》』使おっか」

「下手したらバレるだろうが、その時は逃げるか」

「大丈夫。最低限しか見ないから」

ゴブリンキングのことがあってから1カ月。俺たちも日々実験を重ね、森林階層でのレベル上げに勤《いそ》しんできた。だからこそ同じスキルや魔法でも新たな使い道ができていたりする。

まずは『把握』で確認している二人をより強く意識し、ハルと手をつなぐ。ハルが使う『看破』を一旦《いったん》俺に通し、『隠密』の効果を乗せて二人に届ける。

察知《さっち》できない魔力の糸が二人に伸びて、それに触れる。一瞬だけ。

その魔力が触れた瞬間に二人は周囲を見渡し始めた。

「行くぞ。ハル」

　俺たちはすぐにその場を離れ、二人がいるのとは別の道を駆け抜ける。

「で、どうだった」

　ある程度走った後、周囲に誰もいないのを確認してからハルに聞く。

「一瞬しか見てないから少ししか確認できなかった。あと魔力をしっかりと伝える時間がなかったから名前と性別もわかんない」

「重要なところだけわかれば問題ないか。それとあれは男と女一人ずつだな。骨格がそんな感じだった」

「『把握』を持つおにいが骨格で性別を判断するなんて」

「フード被《かぶ》ってると外見じゃわかりづらいんだよ。で、『看破』の結果は」

「ん？　あぁ、スキルは『無色透明』と『無害な人形』だったよ。両方隠れるためのスキルなんだけど、性能が『隠密』とは桁違《けたちが》いだね。表示が一番前にあったから多分先天的スキルだし」

　ハルが桁違いというからには圧倒的な差があるのだろう。気になって『看破』の詳《くわ》しい結果を聞いてみる。

「『無色透明』は相手の視覚に干渉《かんしょう》し、自身の姿を隠したうえ、その気配の色さえも薄くするって効果だった。『無害な人形』は、自身が初撃を与えるまで気配を断つんだって。まあ、『隠密』じゃあ、歯が立たないね」

ハルが教えてくれたスキルのチートっぷりに思わず顔を引きつらせる。

「さすがにそれは無理だわ。『隠密』が勝てるわけない。先天的スキルってやばいな」

「そうだね。ん？」

ドォーン
遠くから小さく聞こえた爆発音に会話を止《や》めて耳を澄《す》ます。

洞窟《どうくつ》の中では音がよく反響する。ただ、そこはダンジョン効果なのか、自然洞窟よりは反響しないらしい。耳が良くないとはっきりとはわからない。

反響のせいでわかりづらいが、多分こちらへとゆっくり歩いてくる音だ。

ドォーン!!

再び爆発音。ただし先程よりは明らかに大きい。

カンカンッという金属のぶつかり合う音も聞こえてきた。そして。

「おにい、反応が多過ぎ」

俺より広範囲を知ることができるハルの『察知』ではその戦闘が見えるらしい。だが。

「多過ぎってどういうことだ？　モンスター、召喚《しょうかん》系のユニークモンスターとかか？」

ダンジョンではモンスター以外に突出して数が多くなるものはない。探索者側には人数制限があるのだから。

「戦ってる人が4人どころじゃない」

一人多いだけでダンジョンの恩恵を受けられなくなるので、探索をするうえでの人数制限は守られているはず。

「あの感じだと、ユニークモンスターは一体で、勇者御一行かはわからないけど探索者が12人。3パーティだよ」

「ってことは、討伐することしか考えてないってことか」

ゆっくりと警戒しながら歩いていくと、俺の『把握』の範囲にも入ってきた。さらに戦闘に参加していないパーティもいくつかいることがわかる。

計6パーティ。俺たちも含めたら7パーティになってしまう。

ダンジョンでの人数制限は見ているだけでは関係ないらしい。ただ、協力はダメだった。

戦闘をしていない側のパーティは『回復』を付与《ふよ》している。

『回復』の付与は十分な協力に当たる。これは6パーティで戦闘していると見てよさそうだ。

「【ハイヒール】」

「【ハイパワー】」

嫌な予感がする。

さて、『把握』の範囲すらも超過し、俺たちはその戦闘が目視できるほどの距離まで来た。

そこはダンジョンの中でも広い空間が取られた場所で、俺たちもトレント狩《が》りなどでよく利用した場所だ。ダンジョンが違っても、そのような広場はいくつも存在する。俺とハルを魔力で覆《おお》い、全力で『隠密』を発動する。

本来は、気がつかない程度の量で魔力が少しずつ奪われていく。

広場を見るとそこでは盾《たて》や剣を構え、銀の鎧《よろい》に身を包み、暴れるモンスターの動きを妨《さまた》げようとする8人の探索者。

周囲には杖《つえ》や剣などを構えた探索者、3パーティが見える。

そして高価なことがわかる装備に身を包んだ4人の探索者。

俺たちよりは年上でもまだ若い前衛《ぜんえい》二人と後衛《こうえい》二人。その名も勇者御一行。

その強さは他の探索者に比べると圧倒的で、他の探索者は足手まといに思えてしまう。

そして繰り出される攻撃を全《すべ》て防いでいる一人の大きな騎士。身長は2メートル半ぐらいだろうか。真っ黒な鎧に包まれたそいつは、これまた真っ黒な大剣と真っ黒な大盾《おおだて》を構え、重さを感じさせない素早い動きを見せる。

「黒騎士、戦力は165だから人化牛《じんかぎゅう》より強い」

「まじかよ」

言いながら遠目に黒騎士を見るが、攻撃を食らうもその鎧に付くのはほんの微《かす》かな傷ばかり。

「下がれ!!」

勇者御一行の盾使《たてづか》いが叫んだ言葉に従って、前衛が下がると同時に、黒騎士の剣が光り、そのまま周囲を一回転しながら薙《な》ぐ。

的確な素早い判断により攻撃を受けた者はいない。

「皆、行くぞ!!」

下がった者たちは、一人の青年――ダンジョン市場で見た勇樹《ゆうき》――の声で再び黒騎士に突撃する。たとえ敵《かな》わなくても、諦《あきら》めの表情を見せずに。

周囲に信頼を置かれ、その声一つで恐怖や不安をぬぐう。

まさに勇者らしいと思った。

ただ、悲劇への一歩を踏み込みながら。

◆

「ウォ――――!!」

洞窟内に黒騎士の雄叫《おたけ》びがこだまする。当然のことながらその声は今までの獣《けもの》とは違い、言語を持つ生き物の叫びに聞こえた。

「剛太《ごうた》!!」

「おう!!『シールドバッシュ』」

スキルの影響か、勇者御一行の一人、剛太の盾が光ると、そのまま黒騎士に体当たりをかまし、体勢を崩《くず》す。

「今だ、かかれ!!」

勇樹の合図と共に、複数のスキルを伴《ともな》った攻撃が、黒騎士に襲《おそ》いかかる。

「ウォア!!」

黒騎士は盾を突き出すことで攻撃を受け止める。それでも数の暴力は抑えきれず、背中に数回の斬撃《ざんげき》を食らう。

しかし、黒騎士の鎧は硬《かた》かった。

その斬撃は確かに鎧に切り込みを入れたものの、貫通には程遠い。

「勇樹、鎧は無理だ。体勢を崩して柔らかい関節を狙《ねら》え!!」

「了解。有栖《ありす》、隙《すき》を作ってくれ!!」

魔法使いの名前が有栖か。

勇樹は剣を水平に構え、左右に動きながら黒騎士に向かっていく。

「行くわよ。【インフェルノ】」

勇者御一行の有栖から飛んだ炎の魔法が高速で黒騎士に突っ込むが、大剣によって斬《き》り落とされてしまう。しかし炎は残り、周囲を焼き尽くす。それが炎の魔法【インフェルノ】だった。

斬り飛ばされた【インフェルノ】は僅《わず》かな火種《ひだね》を剣に残し、黒騎士を巻き込んで燃え上がる。

「ウォアー!!」

黒騎士は炎を払うためか剣と盾を無茶苦茶に振り回す。ただ、何も考えていないその攻撃は隙だらけで。

「『断空』」

勇樹のスキルによって首が斬られてしまう。

「ガァァアア――!!」

首から血が噴《ふ》き出し、黒騎士はさらに叫びながら剣を振り回す。しかし、その攻撃は当たらない。

「勝ち筋は見えた。全員、本気でかかるぞ!!」

「「おう!!」」

「「はい!!」」

再び勇樹の声で全体が勢いづく。

「全員自分の持つ最大の力でいけ。前衛突撃!!」

「「うおぉー!」」

勇樹の指示に従い、鎧の探索者や御一行の盾が節々《ふしぶし》を光らせて先程までとは全く違う勢いで黒騎士に襲いかかる。

剣が光り、盾が光り、鎧が光る。それは乱射された銃弾のように全方向から黒騎士を蹂躙《じゅうりん》する。

これまでとは違う威力《いりょく》の攻撃は、黒騎士が手を上げようとすれば腕の関節へ、蹴飛《けと》ばそうとしたら膝《ひざ》の裏側へと浴びせられる。的確ではないものの、それを遥かに上回る数の暴力で押さえつける。

「スキルが切れる。下がれ!! 魔法掃射《そうしゃ》!!」

一人の剣の光が消えるや否《いや》や、指示が響き渡り、前衛が黒騎士と距離を取る。

それと同時に後方から雷《かみなり》や炎や水、氷や土など本来であれば相殺《そうさい》する属性の魔法であっても同じものをターゲットにしているため、一つになって黒騎士を吹き飛ばす。

「今のうちに罠《わな》を設置!! 前衛にヒールを!!」

「私が行きます。【エリア】【フルヒール】」

強力な回復の魔法が前衛に届き、計6パーティが受けた被害は跡形《あとかた》もなくなる。

「梨沙《りさ》、ありがとな。皆もう一度行くぞ!!」

勇樹のかけ声で再び戦闘の態勢が整えられる。

「アァァア――!!」

魔法に吹き飛ばされた黒騎士は、ボロボロになりながらも尚《なお》、立ち上がって剣と盾を構え、突っ込んでくる。

黒騎士の足が光り、速度が上がる。

探索者たちも【スピード】を付与し、その速さに対抗しようとするが、体が追いつかない探索者たちは、黒騎士の容赦《ようしゃ》ない足さばきに翻弄《ほんろう》されていく。

黒騎士は瞬時に探索者の後ろに回り込み、その背中を斬り飛ばそうとするが、他の盾に防がれるので、力任せに盾ごと吹き飛ばしていく。

ただ、黒騎士にすれば、それでも数の暴力は恐ろしいものがあった。どんなに警戒していても隙をなくすということはできない。どこかに必ず死角はできてしまう。相手が多ければ多いほど。

「『ラッシュ』!!」

後ろから叩《たた》きこまれた勇樹のスキルに、黒騎士は押され、そのまま前につんのめる。転ばなくてもそれは致命的な隙となり、黒騎士は再びスキルの波に襲われる。

勇樹たちは黒騎士の攻撃を完全に封じ、純粋な数の暴力で、黒騎士を押していく。

力を示すこのダンジョンで。4人までというルールを破ることのリスクが大きいのは皆、知っていた。

それでも、今の勇樹たちが安全に黒騎士を討伐するにはこれしかない。探索者は戦士ではない。大事なのは誇りではなく命だ。この作戦によって黒の鎧は傷で埋め尽くされ、その深い黒の光沢を失っていく。

「前衛下がれ!!」

スキルの波が収まると同時に放たれた大剣は黒騎士の疲労もあったのだろう、勇者御一行たちにその斬撃は届かない。

「魔法掃射!!」

剣を振り切った黒騎士に再びいくつもの魔法が襲いかかる。それらは重なり強化され、黒騎士の体を切り裂き、焼き、貫《つらぬ》いていく。

盾で防ぐも黒騎士の力では抑えきれない。疲労した黒騎士には既《すで》に魔法を受け止める力は残っていなかった。

黒騎士の剣戟《けんげき》も段々と弱まっているのがわかる。

誰もが勝利を確信した。

「勝てるぞ!! 前衛、攻撃……っ下がれ!!」

前衛が攻撃を仕掛けようとした時だった。突如《とつじょ》ぞっとするような悪寒《おかん》が体を襲い、攻撃を制止する。

そして底冷えするような殺気が籠《こ》められた言葉が洞窟内に響き渡る。

――何故《なぜ》だ。何故、貴様らはそのような卑怯《ひきょう》な手を使うことができる――

黒騎士がゆっくりとその剣を持ち上げる。

――どうして我との戦闘を侮辱《ぶじょく》することができる――

黒騎士が上げた剣が振り下ろされると、茫然《ぼうぜん》としていた探索者たちは風圧に押され一歩下がる。

――我が主が作りしこの戦場で――

風圧で我に返った勇樹が剣を構え直す。

――戦士ともあろうものが――

「『威光《いこう》』」

勇樹のステータスが強化される。それは現在、発見されている中で最も強力な強化スキルだ。

――どうして仁義なき戦《くし》いができようか――

強化された足を駆使し、一瞬で黒騎士へと近づいた勇樹は剣を振るう。

黒騎士はその剣戟を盾で防ぐが、それでもなお、体を光らせ、速度と威力を増した勇樹に徐々に押されていく。

――何故だ、どうして、なぜ、ナゼ、ナゼ、ナゼ、ナゼ、ナゼ――

既に余力のない黒騎士が、最後の抵抗とばかりに持ち上げた盾を勇樹が弾《はじ》き飛ばす。

その攻撃により、最後まで抵抗を続けた盾が遂《つい》に破壊される。

――コロス――

「死ね――!!　がぁっ」

背後からある探索者が首を狙っていたが、光沢を失った鎧に弾かれ、黒騎士と共に地面に倒れ込む。

黒騎士はふらふらと立ち上がる、その鎧に血を滴《したた》らせながら。

その手に、赤く染まった鎧に包まれた人だったもの、をぶら下げながら。

「コロスコロスコロス」

黒騎士の体が黒い霧《きり》に包まれ、その体が膨《ふく》らんでいく。より狂暴に、獣のように体をしならせながら。

黒の鉄屑《てつくず》に身を包んだ殺戮《さつりく》の獣がここに誕生したのである。

俺たち兄妹は遠くからその戦闘を眺《なが》めていた。黒騎士は俺たちも目を剝《む》くような動きを見せ、たくさんの探索者を翻弄していく。是非《ぜひ》見習いたいものだ。

数の暴力に抗《あらが》う独《ひと》りぼっちの孤高《ここう》の騎士。

勇者なんかよりよっぽどかっこいい異名《いみよう》なんじゃないだろうか。

勇者御一行とその他大勢は的確な指示のもと通らない刃《やいば》を重ね、少しずつ黒騎士にダメージを与えていく。途中吹き飛ばされたり、斬られたりと危険な部分もあったが、戦闘に参加していない集団があっという間に回復させてしまうために、死ぬどころか、重傷になる者さえいない。

「このままだったら勝てそうだね」

「そうだな。黒騎士が数に追いついてない」

小さな声で話すハルにこちらも小声で返答する。

探索者は魔力が続く限り、ほぼ無限に戦うことができるが、黒騎士は徐々にその体に疲労を溜《た》めていき、動きが鈍《にぶ》ってきているように思える。

俺たちは知らない人が怪我《けが》しようが死のうがどうとも思わないが、さすがに目の前で死なれたら堪《たま》ったもんじゃない。

だからこそ、自分たちは見られてはいけない存在にも拘《かか》わらず、何かあったら間に入れるように、常《つね》に武器を構えているのだ。他人の死に対してどうとも思わないと言いながらもこんなことを考えてしまっているのは甘いのだろうか。

でもまあ、実際あの程度の強さなら、自分たちの姿を隠したまま倒すことなどは朝飯前《あさめしまえ》だ。宝具《ほうぐ》を出すことすらなく一撃で殺せるだろう。しかし。

「ねえ、おにい。なんか黒騎士おかしくない？」

「あぁ、魔法でもスキルでもないと思うんだが」

黒騎士は死が近づくにつれて魔力を心臓部分に吸収しているように見えた。普通には見えない魔力のような何か。

ただし、それは果てしない闇《やみ》のような雰囲気《ふんいき》を醸《かも》し出して。

魔力のような何かを吸収することで能力が上がったり、回復しているようには見えなかった。

「なんか不吉だね」

「あぁ、でも、終わりそうだぞ。あぁ、終わったな」

勇樹がスキルを使い、黒騎士の盾を破壊したのを見てそう告げる。

黒騎士のすぐ後ろには既に銀の鎧を着た人が大剣で迫っている。

その切っ先はしっかりと黒騎士の首に向けられており、あの距離だと防ぐこともできないだろう。

「帰ろっか」

「あぁ、帰ろ、う？」

ガンッ
グシャッ
俺が、刀《かたな》を鞘《さや》に納めナイフに持ち替えたとき。

ハルがトンファーを持つ手から力を抜いたとき。

そして、俺たちが探索者の勝利を確信し、後ろを向いたとき。その音が聞こえた。

金属を貫き、肉を潰《つぶ》す音。そして、血が飛び散る音。

俺たちは本能的に何が起こったかを悟り、見たくないのにダンジョン探索で鍛《きた》えられた反射神経のせいで後ろを向いてしまう。

黒い何かに包まれていく黒騎士だったものと、その手に突き刺さる人間だったもの。

「うぇえっ。げほっ、げほっ」

それを見たハルが吐き気に耐えきれず、地面に胃の中身を吐く。幸か不幸か胃の中の物は全て消化されていて胃酸だけが出てくる。

「だいじょうぶ、うっ、か。ハル」

俺も吐き気に襲われながらもこらえ、ハルの背中を撫《な》でる。

ハルはハッとしたように真っ青な顔をしながらもしっかりと前を向き、再び黒騎士だったものを見る。

黒騎士は不気味な姿へと変貌《へんぼう》を遂《と》げていた。

黒い鎧は鉄屑を纏《まと》ったかのようになり手先はボロボロで、獣のように腰を曲げている。

その手には小振りの鋭い剣。

そして、体は2メートルほどになっていた。

しかし、強さが凝縮《ぎょうしゅく》されたようで、体から魔力が噴き出しているのが見える。

「ガァ――ッ!!」

その咆哮《ほうこう》は確かに獣のそれだった。

頭の中に文字が浮かび上がる。それは俺たち以外も同じようで、何人かが肩を震わせた。

〈ERROR〉『ガン・セーン』

そこには何かの不具合を示す〈ERROR〉という単語とそれに続く『ガン・セーン』という文字。


そして、ボス特有の名前の表示。

そいつはいきなり揺れたかと思うと、ゴトンという音と共に頭が地面に落ちた。それと同時にそいつの最も近くにいた重鎧《じゅうよろい》を着た探索者の頭も弾け飛んだ。

横には剣を振り抜いた体勢のガン・セーン。

先程まであった、そいつの首から上が今は何もなく、ただ黒い霧が漂っている。

「ググッガァッ」

地面に落ちた頭部は気味の悪い声を出しながら体に拾われる。その無駄のない一連の動作を終えたところで、勇者御一行やその他大勢の意識が戻ってくる。

そしてしっかりと理解してしまうのだ。目で追うこともできない速さで仲間の一人が殺されたことを。

そこからは阿鼻叫喚《あびきょうかん》の地獄絵図だった。日本最強の勇者御一行が安全のためか真っ先に後ろへと下げられ、勇気あるものが御一行の前に立ち、殺されていく。一人、また一人と。前衛を担《にな》っていた銀鎧の人たちは、２名逃走、５名戦死。後衛の人は全て逃げて、もう誰も残っていなかった。そしてたった今、最後の一人が殺される。

ガン・セーンの剣が勇者御一行の仲間に伸びようとしたその瞬間、一つの光がそれを遮《さえぎ》った。

「これ以上、仲間を殺させるか。人の命が、どれほど重いと思ってるんだっ!!」

後ろに下げられていたはずの勇者御一行リーダー、勇樹。彼は英雄のようにその暴力に立ち向かう。愚《おろ》かにも、勝利を信じて。

「おにい、あれの戦力、３００だって。それと、戦力が、減ってない!!」

「なっ、はぁ!?」

戦力300はまだわかる。ゴブリンキングの方が高かっただろう。それでも戦力が減っていっていないということは。

「身を削《けず》って進化したわけじゃないってことかよ」

「たぶん、それがERROR？　どうしよ、おにい」

焦《あせ》るハルを見ることで逆に冷静になった俺は、とりあえずポーションを取り出す。ポーションを飲むと、吐き気と興奮《こうふん》が収まっていく。

「ハルもポーション飲んどけ。とりあえずあいつらの逃げ道を確保するか」

腰にあるアイテムポーチに手を入れて一つのアイテムを取り出す。

「それはあの時の杖？」

ハルもポーションを飲んだようで冷静な視線をこちらに向ける。

俺が手に持つのはトレント狩りをした時の杖。

魔法陣が入った琥珀《こはく》を先端に埋め込んだでこぼこの木の杖。

「何て名前だったか」

そんなことをつぶやきながら杖に『物質認知』をかけると、いつも通り頭の中に文字が浮かび上がる。

『聖母の守護杖』

俺たちが初めて手に入れた固有の名前を持った武器。俺たちが使えないので大して気にしていなかったが、この杖は使える人が使えば、俺たちが持つどんな武器よりも強かった。

琥珀だけに集中し、『看破』を使った時の結果が、

『精霊樹の琥珀…？？？であり魔力に聖属性を付与する（聖域）』

『聖域…モンスターだけが入れなくなる空間を作り出す：回復の技能の者のみが使用できる』

そしてその中に浮かぶ魔法陣。最初は普通の魔法陣だと思っていたそれは、

『立体型魔力増幅《ぞうふく》陣…魔法に使われる魔力を増幅しその能力を上げる』

俺たちの技術では作れない。普通の魔法陣と性能が段違いで、その杖以外では見たことがない。

「せっかくの資金源なんだがな」

「人の命の価値は高いらしいから？」

「投資ってことにしてやるから、自分の役割ぐらい果たせよ」

そんなことをつぶやきながらその杖に一つのごみスキルが付いた石を貼《は》り付け、放るのだった。

他の全員が逃げてもなお、勇樹に加勢しようとする勇者御一行のうちの一人、回復技能を持つ梨沙と呼ばれていた女の人へと。

◆

勇樹はただひたすらにガン・セーンにその剣を振るっていく。その速さは既にレベルの制限を超えており、後ろからの援護すら邪魔になる程だった。

唯一《ゆいいつ》の救いがガン・セーンが、一番近くにいる勇樹しか狙わないこと。

他のパーティは、自分が真っ先に殺されないことに安堵《あんど》すると共に、勇樹の戦闘を不安そうに見守ることしかできないようだった。

勇者御一行のもう一人の前衛である剛太も、重い鎧を着ているせいで動きが遅くて、戦闘に混ざることができない。

勇樹は完全に遊ばれている。振るわれた剣はガン・セーンに当たることなく、払われるだけ。それなのに勇樹の体には無数の切り傷が刻《きざ》まれている。

このままでは全員死んでしまう。

そんなことを考えたときだった。いや、確信したといった方が正確だったか。

勇者御一行に所属し、回復技能を持つ梨沙のもとへ、その杖が転がってきたのは。

梨沙がはっとしたように転がってきた方を振り向くが、そこには道が続くだけで誰もいない。

そっと杖に触れてみる。

「何ですか、これ」

梨沙がそうつぶやき、先端の石にその手が触れた瞬間、彼女の頭の中に杖の説明が浮かぶ。

「ギュアャゥアー!!」

梨沙が再び勇樹を見る。そこにはガン・セーンから距離を取ってはいるものの、その距離は一歩踏み込まれただけで間合いに入ってしまう程度の小さな隙間。勇樹は満身創痍《まんしんそうい》で動くことすら難しい。

だからだろうか。彼女は叫んだ。守護杖を振るい、ただ本能に従うように。

「勇樹くんを守って!! 【聖域】」

その声が、洞窟に響き渡る。

ガン・セーンが動くことも難しい勇樹の眼前に迫った時、茜色《あかねいろ》に光り輝く半透明の壁が彼の目の前に広がり、その剣を受け止めた。

壁に大きなひびができるけれど、それはびくともしない。

考える暇《いとま》などなく、もう一度聖母の守護杖を振る。

「【エリア】【スタミナヒール】」

洞窟全体に光が満ちて、これまでとは明らかに違う回復力を持ったその魔法は、その範囲にいた勇樹たちの体に満ちた疲れを癒《い》やしていく。

「みなさん、逃げます!!」

「おう!!」

「わかった!!」

「わかったわ。【インフェルノ】」

ガン・セーンは突如できた茜色の壁に戸惑《とまど》うもすぐに理解し、剣で壁を殴り始める。ひびは容易に広がっていくが、突如視界に大きな炎が現れ、顔面を覆うや否や全身に広がる。

手で払うも、まとわりつくように燃え上がる炎は視界から離れない。

スキルを使い、忌々《いまいま》しい炎と共に茜色の壁を消し去った時には既に、ガン・セーンの視界はおろか索敵《さくてき》範囲にも人は存在しなかった。

「グギャイヤギョアァ――!!」

獲物《えもの》に逃げられた怒りで雄叫びを上げる。ただ、怒りに染まった思考は単純であったようで、逃がした獲物のことは忘れ、すぐに近くの獲物を探して歩き始める。

「あいつは俺たちでどうにかするぞ。これ以上動き回られたら東京ダンジョンが壊滅する」

「うん。さすがにあれには負けたくないなぁ。死んじゃったのは知らない人たちだけど、弔《とむら》い合戦《がっせん》!!」

「で、全員が離れたからここからは俺たちが参加しても4人より上にはカウントされないよな」

「たぶん。じゃあ、同時に」

俺たちは道の隅《すみ》に隠れている。

先程勇者御一行の回復役に投げた杖に貼り付けておいた石には『自己紹介』というスキルが付与されていた。

『自己紹介…アイテムと肉体が接触している状態で使うとそのアイテムの詳細《しようさい》が見れる：一度使うとスキルは消える』


スキルが付いたアイテムは魔力を流すことで起動する。そして勇者御一行の回復役は緊張の影響か、握った手に魔力を纏ってしまっていた。

スキルにより魔力を感知することができる俺たちは、精神が不安定な状態だと魔力の制御《せいぎょ》がうまくできないことを知っている。そして彼女の手に魔力が集まっているのが見えていた。

だからこそ、勇者御一行の回復役に、この杖の持つ力に気づくようにと、『自己紹介』のスキルが付いた石を手の触れる場所に貼り付けて投げたのだった。

結果は大成功。【聖域】はあっという間に破られてしまったものの、しっかりと逃げることができたようで、10階層に降りたのだろう、反応は消えた。

今、目の前には俺たちに気づかずに歩いてくるガン・セーン。

俺たちはそれを待ち伏せしているのである。

俺は刀、ハルはトンファーを握り、魔法の発動の準備をする。

こいつと戦うには明らかに広い場所の方がいいだろう。それは俺たちの技能が後衛だから。

俺が最も力を発揮《はっき》できるのは、近距離と中距離の臨機応変《りんきおうへん》な戦闘だ。それに対しハルは近距離と遠距離で真価を発揮する。

だから、戦闘は俺が前に出て、いつでも一定の距離が取れる広い場所が有効なのだ。

俺たちもこの一カ月でかなりのレベル上げをしてきたし、スキルも二つも増やすことができた。

名前　：ハルカ
技能　：魔法・工作
魔属性　：崩・(爆)・(電)
レベル：67
強度　：77
魔量　：157
スキル：看破・魔弾・暴走・魔法合成
魔法　：(ボム)・(タイムボム)・(インパクト)・ナンバー・(プラズマ)・亀裂《きれつ》・剥離《はくり》・障壁・崩壊《ほうかい》
パッシブ：魔力回復・察知・工作・魔力操作

名前　：トウカ
技能　：付与・合成
魔属性　：無・(呪)

レベル：68
強度　：97
魔量　：130
スキル：隠密・座標・物質認知・支配・ショートカット
魔法　：スピード・パワー・ガード・バインド・チェイン・スロー・ロス・アンプロテクト
パッシブ：把握・加速・合成

少しでも魔法を使えばその瞬間、魔力の動きを察知されてしまうだろう。そして詠唱《えいしょう》中に戦闘に入ってしまう。

しかし、今までのスキルや魔法での奇襲《きしゅう》では威力が低い。だからこそ俺は新しいスキルを使うことにする。

ガン・セーンが俺たちのすぐ傍《そば》に来たことを察知してそのスキルを使用した。

「『ショートカット』」

『ショートカット』はあらかじめ5つまで指定したスキルや魔法を同時に使用するといったものだ。使い勝手は良いが、スキルの中でも使い方が難しく、魔力の消費を気にするのならば使わない方が得をするスキルだった。

欠点としてクールタイムが4時間。設定できるのは1パターンのみ。

おかげで使うことなどほとんどなかった。

そんな『ショートカット』だが、俺は念のためにと5つの魔法を設定していた。

自分にバフをかけるための【スピード】・【パワー】・【ガード】・【チェイン】の4つ。そして敵の防御力《ぼうぎょりょく》を落とす【アンプロテクト】で計5つだ。

自分の体に4つの魔法陣が現れ、それと同時にガン・セーンにも魔法陣ができる。

準備はできた。

既にガン・セーンは魔力の動きでこちらに気づいている。意識がこちらに向く寸前に地面を蹴り、ガン・セーンの眼前へと飛び出す。

ガン・セーンは逃げることもせず拳《こぶし》を振るう。それをぎりぎりで躱《かわ》し、股《また》の間をすり抜ける。

そして。

「グギャガゲギャ!!」

【パワー】で威力を増し、【アンプロテクト】で相手の防御力を下げ、スキルの『強斬《きょうざん》』を使ったまま振り抜いた刀は、ガン・セーンの背を切り裂く。

ガン・セーンはバランスを崩したのか、その場でたたらを踏み、それが隙となる。

「おにい、下がって。『魔法合成』より【亀裂】【剥離】【崩壊】」

俺がバックステップで下がると共に、ガン・セーンのいる空間には亀裂が入り、剥《は》がれ落ち、崩れていく。剥がれ落ちた空間に残るのは、暗闇《くらやみ》のみ。

しかし。

ハルがトンファーで殴り飛ばすと、そのままそこに吸い込まれていった。暗闇をすり抜けたガン・セーンは体がボロボロになって膝をついた。背中から一部は、鉄屑の鎧がなくなっていた。

「グギェイヤグァ────!!」

追撃《ついげき》しようと俺が刀を構えると同時にガン・セーンが叫ぶ。

その声にはいつぞやのリムドブムルと同じように魔力が混じっており、身体《からだ》がすくみ動きが止まる。

それにより回避行動が遅れてしまう。

「あぶね、っく!!」

刀で受け流そうとするが、それは叶《かな》わず、わずかに服が斬られる。

「ハル、まずい。一回下がれ」

ハルに指示を出しながら、右手に持っていた刀を左手に持ち替える。

先程のガン・セーンの攻撃は刀で受け流し、俺には何も影響がないように動いたはずだった。

予想外だったのはガン・セーンの力。その力強い剣撃は逸《そ》らすこともできず、俺のパーカーを切り裂いたことだ。

「てーりゃっ!!」

その暗闇はすぐ近くにいたガン・セーンを勢いよく吸い込み始めるが、抵抗される。しかし、

しかも、刀を持っていた右手に強い衝撃がかかり、刀を落とすのは何とか堪《こら》えたもののその手は使いものにならなくなっていた。骨が折れたのではないと思うが、力が入らないし曲げられない。

「おにいが下がって!!　5秒持たせる」

「すまん、奴《やつ》の攻撃は受け止めるのも受け流すのも駄目だ。俺たちの技術じゃ腕をへし折られる」

ハルがトンファーを構え前に跳《と》んだのを見て、【スピード】と【ガード】をかけておく。

そのまま後ろに下がり、曲がらずぶらぶらと揺れる腕に刀の鞘を添えて、ナイフで切り裂いたパーカーの下の方の布で巻きつける。ひびが入っているようで凄《すさ》まじい痛みが襲ったが、ポーションを飲んで痛みを抑える。

当然だが痛みの原因である腕は治っていない。どう考えてもポーションで治る浅い傷ではないから。

「おにい、大丈夫!?　これ、長期戦は無理そう。というかこれ以上は抑えきれない。【障壁】」

ハルは自分の前に壁を作り下がる。壁は一瞬で破壊されるが、時間は稼《かせ》げた。

「攻撃は通ったか?」

「無理。私、おにいより強度低いから逃げ回るので精一杯《せいいっぱい》だったし」

ガン・セーンを魔力で威圧しながら情報をすり合わせる。

「にしても戦力３００で、あの筋力は異常だろ。多分強度特化だよな」

「うん、途中で魔法みたいなのも使ってたけど無視できる程度の強さしかなかった」

一つため息を吐いて、左手を後ろに大きく振りかぶる。その手には逆手《さかて》に持った刀。

「短期決戦だ。魔力は惜《お》しまずに。宝具を使うぞ」

「了解!!」

「行くぞ!!」

かけ声と共に右足を踏み込み刀を全力で投げつける。

「ギェギュァ」

しっかりとこちらを警戒していたガン・セーンは軽々と刀を弾く。が、一瞬だけ時間をくれる。

「大鎌《おおがま》!!」

「モーニングスター!!」

投げた体勢のまま前に伸ばした手に大鎌がすっぽりと収まる。

久しぶりの宝具使用。いつもとは違い左手で持っているにも拘わらず、手にしっかりとフィットする。

「『暴走』」

ハルの声と共にハルの魔力が暴れ狂い、

「『支配』」

俺の声と共に俺の魔力が停止する。

「行くぞ!!」「行くよ」

俺たちの魔力的制限はなくなり、自分とハルに『ショートカット』を連続でかける。

当然のごとく2発の【アンプロテクト】がガン・セーンにかけられた。

「強度特化ってことは逆に考えれば」

「魔量が低くて魔法への耐性は低いってことだよなぁ」

「だったら、こっちは魔法系の技能持ちらしく」

「「魔力で押し切ればいい」」

俺たちの言葉は重なっていき、魔力すらも重なっていく。

ハルの〝動の魔力〟と俺の〝静の魔力〟。本来合わさることのない二つの魔力は互いに高め合い、暴虐《ぼうぎゃく》の魔力となる。

「グギャ――――アガァッ」

剣を振りかぶり突っ込んでくるガン・セーンの横から突如茨《いばら》が飛びだし暴れ狂うように力強くガン・セーンを弾き飛ばし、彼の攻撃を止める。

さすがガン・セーンの強度特化。すぐに体勢を立て直し、同じ手を食わないように体を左右に揺らしながら迫って来る。

「『魔法合成』より【亀裂】【剝離】【崩壊】」

ガン・セーンを囲むように亀裂ができていき、その亀裂から周囲の景色がポロポロと剝がれ落ちていく、亀裂は大きさを増していき、ガン・セーンをも貫く。

「ギャ――ガェギィヤァ」

崩れる空間が左腕を大きく抉《えぐ》ると共に【チェイン】の効果で傷を広げる。それはガン・セーンの左腕を潰し、肩の一部までを抉り取った。

生物であり、それが四肢《しし》を持つものなら、その内の一部がなくなれば当然混乱する。それはガン・セーンも同じだ。

「うーりゃっ!!」

一気に距離を詰めたハルのモーニングスターは、宙を舞ってるガン・セーンの頭を遠くへと殴り飛ばす。

ついさっきまで左手に持っていた頭がいきなり遠くまで吹き飛ばされたのだ。さぞ焦ったのだろう。その隙は致命的だ。

すり足のようにしながらも高速で近づいた俺は慣れない左手で大鎌を振りかぶり、ガン・セーンの足に向けて振り抜く。

俺の攻撃に気づき、バックステップで避けようとするも、足がその場を離れるのは体が離れるよりも遅い。

大鎌はそのままガン・セーンの右足を軽々と斬り飛ばした。

「ギャガィギェギュヤァア——!!」

ガン・セーンの声が響き渡る。その声は痛みや自《みずか》らの死を叫ぶものだろう、その声に殺気はなく、恐怖を表すように感じた。

俺たちは魔力をあらかた使い切り、宝具の使用時間も終わりそうなのを感じ取った。疲労でふらつく足を動かし、右足と左手と頭をなくしたことにより地面に這《は》うガン・セーンのもとへと行く。

俺の横にハルが立ち、二人で自分の武器を向ける。

「死ね【チェイン】」

「死んじゃえ【崩壊】」

俺の『支配』が『暴走』で威力を増した魔法を動かし、しっかりとガン・セーンを包み込む。

崩壊した空間に包まれてガン・セーンの断末魔《だんまつま》の声すらも響くことはなかった。

俺たちの魔力が底をついて魔法が消え去った時、そこには逃げ場をなくした黒い霧だけが残っていた。

その凝縮された黒い霧は兄妹の勝利を称《たた》えながら、ダンジョンの中へと散っていくのだった。

俺たちはふわっと漂い消えていくガン・セーンの死んだ証拠である黒い霧をぼーっと眺める。

「今までで一番の強敵だったよな」

「うん。場所が悪かったのもあるけど戦力も一番高かった。今まで戦ってきた中では」

ハルの言う通り、俺たちが会ったことのある最も強いモンスターはリムドブムルに他ならない。ただ、そんな戦いにすらならないような規格外《リムドブルム》を除けば今回が一番の強敵だったといっていいだろう。

「そういえばドロップアイテムはどうかな」

ハルの言葉を聞き、ガン・セーンの死んだ場所を見てみるといくつか落ちていた。

いや、今回はかなり多いのではないだろうか。

「こんなにドロップしたのはやっぱりボスみたいな扱いだったのが大きいのか？」

「エラーを退治《たいじ》したことへのダンジョンからの報酬《ほうしゅう》だったりしてね」

無駄口をたたきながらアイテムを仕分けし、ハルが『看破』で見ていく。

まずは一つ目。

『アイテムポーチ（中）…10ｔまでの収納が可能であり重さを帳消しにする』

今まで使っていたアイテムポーチが（小）だったので1段階大きくなったのだろうか。前は1トンだったのに対して10トンになった。これで車も軽々運べると。

これは我が家で管理することにしよう。ハルは荷物を持ちたがらないから1トンの方のアイテムポーチを持ってもらって俺が10トンの方を持つ。

二つ目。

『双討《そうとう》の証《あかし》…不具合を二人で討伐した証。ペアとなる装備を持った人とパーティを組むと補整(固定)(返還)(試着)』

形はミサンガで、これは二つだった。

「ふーん、腕にはめればいいのかな。で、普通のアイテムじゃないから魔力を流してみると……あれ？　おにい、縮《ちぢ》んだよ。手首にぴったり」

みたいなことがあった。ちなみにそれは付属しているスキルの効果だろうと思うのでスキルにもハルが『看破』を使う。

『固定…不変。アイテム限定スキル』

よくわからないが、アイテム限定スキルというのはダンジョンで拾ったアイテムについているスキルの中で人が習得できないもののことではないだろうか。

『返還…意識するとどこにあっても自分のところへ戻ってくる。アイテム限定スキル』

まあ、言葉どおり。

『試着…アイテムの大きさを装備者に合わせる。アイテム限定スキル』

これはさっきハルが試してみせたものだろう。

俺も右手に通し、魔力を流すとぴったりの大きさになる。邪魔にはならず抜けることもない、締めつけもせず、丁度《ちょうど》良かった。

さて、次は４つ目だ。

４つ目は普通の魔石、かと思ったのだが違うらしい。

『魔玉（中）…魔力を1000まで溜めておくことができる』

まあ、魔力を保存できるというだけ。当たり前だが取り出すこともできるらしい。

俺よりもハルの方が魔力の使用量が多いので、これはハルに渡しておく。

現在俺たちの魔力は空《から》っぽに近いので実験はやめておいた。

そして5つ目。5つ目はシールだった。シールというよりかはタトゥーだろうか。

『スキルシール…シールを肌《はだ》に貼ると設定されたスキルが使えるようになる。1分ほどで肌になじみ見えなくなる。多量の魔力を流すと浮き出る』

『空間把握…自分の周囲2メートルを把握する』

『空間把握』は俺の持っている『把握』よりさらに密度を上げて精度を高めるといったところだろうか。近接は俺の方が強いので俺が貰《もら》った。

左手の甲《こう》に貼り付けて1分待つとすぅーっと消えるように見えなくなってしまった。

触っても何も感じない。ないとは思うが貼った場所を忘れたら二度と見つけられないってことか。

そして最後。見ないようにしていた一番の問題児。鞘のない一本の剣。

『聖騎士の霊剣…？？？であり斬撃に聖属性を付与する。剣技能の者のみが使用できる（信仰の光）』

『信仰の光…聖の光で刃を強化する：剣技能の者のみが使用できる』

「おにい、どうする？　あんときの杖の仲間みたいなの来ちゃったけど。よく見たら平面式の魔法陣も彫《ほ》ってあるし」

「ほんと、マジでどうするんだよ。俺たちには使えないし、強力過ぎて売れそうにもないしな」

「ほんと、どうしよっか。寄付《きふ》する？」

「勇者御一行にか？　俺たちだってバレたらまずいだろ」

「そうなんだけど、うん？　おにい、誰か近づいてくる。４人。警戒してるからかな、すごいゆっくり」

「あぁ、じゃあそいつらに頼むか」

「あぁ、そういうこと」

俺たちはにやっと悪い笑みを浮かべると、とりあえず俺たちが触れてしまった部分を念入りに拭《ふ》く。杖の時は忘れていたけど指紋《しもん》でも取られたら嫌だから。

そして右手は動かないから左手で剣を持ち、

「【パワー】」

少ない魔力で自分に付与をかけて。

「うおりゃっ!!」

ガキ――ン

思いきり地面に突き刺した。当然のごとくダンジョンの地面は硬く、地面と剣がぶつかり合う音と共にしっかりと埋まっていった。

「よしハル、これ抜けるか？」

「やってみるね。う――ん、無理」

ハルが剣の柄《つか》を持って引っ張っても抜けないことを確認して、俺たちは耳をそばだてる。

こちらに向かって来ていた人たちも剣を刺す音が聞こえたようで、足音が速くなっている。

あと数十秒もすれば出会ってしまうだろう。

「じゃあ、帰るか」

「うん」

俺たちは再び『隠密』を発動しながら10階層へと降り、転移魔法陣で帰るのだった。

「そういえばおにい」

「なんだ？」

「右腕、痛くないの？」

「あ、そういえば。いってー!!」

アドレナリンが出ていたせいで忘れていた痛みが今になってよみがえり、そのまま涙目で病院に直行したのだった。

そして十数日が経ち、俺の右腕が包帯でぐるぐる巻きになった状態で、俺たちはダンジョン市場に立っていた。

俺たちが帰ったあの後、無事に剣は発見され、勇者の手に渡ったらしい。一旦《いったん》職人に預けられ鞘を作ってもらったという記事をネットニュースで見た。

そしてダンジョン市場。

ガン・セーンが倒れ、ダンジョンが使えるのを待ち遠しく思っていた探索者が一気に活動を再開し、市場の中の経済はよく回っている。

さらには効果の強弱は関係なく、たくさんのマジックアイテムが流通し始めたことで、オークションが開かれるようになった。

100キロまで入るアイテムポーチ（極小）が1000万円を軽く超えたことは記憶に新しい。

残念なのはそれを売ったのが俺たちではないこと。

俺たちはアイテムポーチの（小）と（中）は持っているが（極小）は持っていないのだ。

ただ、アイテムポーチ以外にも、前から集めていたアイテムはある。というか作ってある。

木崎《きざき》家のダンジョンの8階層に出たユニークモンスターがドロップした剣。かっこいいのだが当然のごとく素材が弱い。というわけで、俺とハルで改造を施《ほどこ》したのだった。

簡単に言えば剣に斧《おの》を『合成』するだけ。これだけでとても強くなった。他にも売るものを用意しようかとも思ったが、目を付けられたら堪ったもんじゃないのでこれだけにしておいた。

勿論《もちろん》それには『強斬』のスキルが入っている。

それを匿名《とくめい》でオークションに出品したところ、買おうとしたほとんどの人が武器を持つことすらできなかった。

俺たちはすっかり忘れていたがダンジョン産の武器は装備できるレベル制限があるらしかった。しかもこの剣は勇者御一行すらも勝っていない人化牛のドロップ品を使っていたのだから並の探索者に持てるわけがなかったのだ。

そのまま売れ残りとなるか、と思ったが丁度装備を整えに来ていたらしい８９３《パックサン》のリーダーが買ってくれた。かなり高額で。

普通は買い手が一人しかいなければ額は下がるはずなのだが、愚かにも８９３の人がこんな発言をしてしまったのが高額となる原因だった。

「お、この武器の制限、23レベルだって。リーダー使えんじゃないです？」

23レベルとは上位の探索者なら、あと数レベル上げれば届く高さ。だとすれば今のうちに買っておきたいと思うのは当然だろう。

そのときから、日々の探索で高額収入を出している高レベル探索者同士の競《せ》り合いとなったのだった。

そして結局５００万円ほどで落札。

手数料やら何やら引かれて手取り400万円ほどになってしまったが仕方がない。そういうものだと思って納得しておいた。

ところで、俺たちのような一般市民にはガン・セーン討伐後の政府の対応などについての詳しい情報は全く入ってきていない。ただ、まあ。

「収入はしっかりと入ったから東京ダンジョンに執着するのも終わりか」

「そうだね。次はどこ行く？　お金あるから北海道でも行く？」

「結局日本だから大して変わらないだろ。とりあえずは右腕の治療とやりたいこと探しだな。バイトもしばらくはお休みだ」

「そうだよねぇ」

そんな他愛《たあい》のない話をしながら俺たちはダンジョン市場を巡《めぐ》り、そして何も買わずに出ていく。

その兄妹が本当の最強と知るものは当然いない。

兄妹は今日もまたただの一般人のふりをして娯楽《ごらく》を求めているのだった。

エピローグ

Epilogue

BASEMENT DUNGEON

木崎《きざき》兄妹がダンジョンから帰った直後、兄妹が地面に突き刺した剣は無事に発見された。

ただ、あの場所を最初に訪れたのは高等探索隊の隠密《おんみつ》要員。技能は『罠《わな》』と『狩人《かりゅうど》』であるため、当然のごとく剣を抜くことができなかった。それならば抜ける人を呼んでくればいいという話になり、勇者御一行を再び呼ぶことになった。

しかし、勇者御一行は一日のうちに往復で転移魔法陣を使用してしまったうえに、ガン・セーンとの戦闘で消耗《しょうもう》しきっているとのこと。剣を抜くのは翌日となった。だが、ダンジョンの中に刺さっているとはいえ、剣もドロップアイテムである。アイテムであるということは誰の視線もない状態で長時間放置すれば消えてしまうのだ。

剣を見つけた高等探索隊の二人は、一人が勇者御一行を呼びに地上に戻り、もう一人が眠気に耐えながら剣の傍《そば》で待機することになったのだった。

残った一人はモンスターが襲《おそ》ってくることを考えると心が休まらず、勇樹《ゆうき》の手によって剣が抜かれたときには疲れ切っていた。

後《のち》に色々と調べたところ、剣の強さから考えて、通常、この階層に落ちているものとは明らかに異質であることや、その剣がガン・セーンの持っていた剣に似ていることから、ガン・セーンのドロップ品であると判断された。

勇者御一行を追い詰めるのに最後の力を使ってしまい、逃げた彼らを探し回る途中で体力が底を突き、剣を地面に突き刺して死んでいったのではという見解が有力だ。その状態で運よく剣がドロップとして残ったと。

ちなみに勇者御一行の回復技能の者が偶然手に入れた杖《つえ》は〝ダンジョンの奇跡〟と言われ、そのまま使われているらしい。

そして、そんな勇者御一行は無事ガン・セーンを討《う》ち取ったということで、日本中の探索者の注目を再度集めることとなった。

その情報はネットを通して日本中の探索者に異常な速さで伝わっていった。

中でも、ある個人が開いた探索者向け掲示板サイトがとりわけ賑《にぎ》わっていたらしく、探索者の情報交換の場となっていたらしい。

今ではそのサイトはとある大企業に吸収され、より充実した機能を増やしたサイトとなっている。そして当然のような流れで、掲示板では名のある探索者に二つ名《ふたつな》を付けようなんて話が広がっていった。

名のある探索者といえば出てくるのが、圧倒的な力を持つ勇者御一行。

リーダーこと勇樹は圧倒的な戦闘力を持つ青年ということから『最強』と。

勇者御一行の盾《たて》技能の剛太《ごうた》が、鉄壁の守りから『要塞《ようさい》』。

勇者御一行の魔法技能の有栖《ありす》は、威力《いりょく》だけなら勇樹と同等の炎を使うことから『炎魔導士《どうし》』

そして勇者御一行の回復技能者である梨沙《りさ》。ガン・セーン戦で見事勇者御一行を逃がすことに成功したことや、その魔法の回復力から『聖女』と呼ばれた。

その他のパーティや強いと評判の一般探索者にも二つ名が付けられ、これにより探索者の縦《たて》のつながりがより強くなることとなった。

そして、探索者同士の縦のつながりが広がるということは、その分だけ探索者の練度《れんど》も上がるということであり、それにより市場がさらに賑わいを見せていくのだ。

また、最近ではダンジョンのアイテムの買い取り額が少しずつ上昇を見せている。

探索者がダンジョンで入手してくるアイテムの強さが上がったことや、先天的スキルを見るための機械が各都道府県に置かれたことで、ホブゴブリンを倒さずとも、先天的スキルを知ることができるようになったのも影響している。

『工作』や『服飾』などといった生産系の先天的スキルを持った人がダンジョンのアイテムを加工することで、強度や切れ味に補正がかかる武器や防具を作るようになったのだ。

こうしてダンジョン探索者の中でも強い人の収入はかなり高くなって、実力があるのなら儲《もう》かる仕事として、探索者を目指す子供が出てくるほどまでになり、あっという間にダンジョンは社会に浸透していった。

その後も、勇者御一行が新しく手に入れた武器を使って、人化牛《じんかぎゅう》を倒したり、かなり前に人化牛の討伐《とうばつ》を終えているらしいアメリカとの情報交換が増えたことなど、ダンジョンにまつわる話題を挙げていけばキリがない。

それでもわかることは。

思いのほか一般人の生活は変わっていないのだ。

だからこそ、木崎冬佳《とうか》が腕の骨にひびを作り、完治するまでの2カ月。

順調に社会は進んでいくのである。

そんな中、アメリカから一つの情報が届けられたことで、日本は騒然《そうぜん》となるのだが、それはまた次の時に。

木崎兄妹がダンジョン探索を再開する頃の話になるのだった。

あとがき

まずはこの本を読んでくれた方に感謝を。

『地下室ダンジョン～貧乏兄妹は娯楽を求めて最強へ～』を読んでくださり有り難うございました。著者の錆び匙（さびすぷーん）です。

あとがきは自由に書いていていいらしいのでこの本を書いた経緯《いきさつ》などを書いていこうと思います。

珍《めずら》しいのかどうかはわからないけど、私は学生。春休みの暇《ひま》な時間を使って書き始めたのが最初でした。一日の大半を学業と読書に費《つい》やしていた私は、人の作品を読みながら、「この時主人公が別の行動を取ったらどうなるのか」と考えるのが大好きで、それなら自分の作品にしてしまおうと思い、小説投稿サイトに投稿を始めました。

小説を書いていて宿題が終わらなかったのはご愛嬌《あいきょう》。

前にも短編小説を書いては、今とは別の小説投稿サイトに投稿していたけど、稚拙《ちせつ》な文章と発想では人気も出ず、途中で放棄《ほうき》してばかり。今回の作品をここまで投稿し続けられたのは奇跡だと思っています。いや、読者の皆様のおかげかな？

誤字脱字の報告と感想のメッセージが小説を書き続ける力になりました。

そういえば私の今のペンネーム。錆び匙とは何なのか。結論を言えば意味はないです。ペンネームなんて全く考えてなくて小説投稿サイトに投稿する時に10秒で考えた名前です。

小説を書いてみるとどうしても誰かに読んでもらいたくて。早くサイトに投稿したくて。でもペンネームがないと投稿できなくて。「ペンネームなんてなんでもいいから早く誰かに読んでほしい」そんな時ふと視界に入ったのが、長い間使って錆《さび》ついた爪《つめ》切《き》りと昼ご飯を食べたスプーン。

これしかないと、錆スプーンと名前を付けて、かっこよくするために漢字に直した。それが錆び匙の始まりです。

小説が段々と有名になって、初めて企業の方から連絡を頂いたときは、詐欺《さぎ》かいたずらかと、親を交えて大騒ぎしました。それから編集者さんと出会い、作品を書く技術も、社会のマナーもわからない私は注意されることもありながらこの作品を作り上げました。

最後にこの作品のイラストを描いていただいたkeepout様。本当にありがとうございました。私にとって小説を作る中で最も嬉《うれ》しかった瞬間は、初めて自分の作品を絵にしていただいたときでした。鮮やかな色使いで描かれた、可愛《かわい》いハルカが最高です。

この小説を作るうえで関《かか》わった全《すべ》ての皆様に感謝申し上げます。

改めまして『地下室ダンジョン～貧乏兄妹は娯楽を求めて最強へ～』を読んでくださった読者の皆様。有り難うございました。

錆び匙

この作品の感想をお寄せください。

あて先　〒101-8050　東京都千代田区一ツ橋2-5-10
集英社　ダッシュエックス文庫編集部　気付
錆び匙先生　keepout先生

ダッシュエックス文庫

地下室ダンジョン
～貧乏兄妹は娯楽を求めて最強へ～

錆び匙

2019年6月30日　第1刷発行

★定価はカバーに表示してあります

発行者　鈴木晴彦
発行所　株式会社　集英社
〒101−8050　東京都千代田区一ツ橋2−5−10
03(3230)6229(編集)
03(3230)6393(販売／書店専用) 03(3230)6080(読者係)
印刷所　凸版印刷株式会社
編集協力　石川知佳

ISBN978-4-08-631309-4 C0193